マリパ
パシられ陰キャが実は最強だった件 2

「シズカは、何か乗りたいものとかある？」

「えっと……私、実はネコオカランドに来るの、初めてなんだ。だから、何に乗りたいかとかもよく分からなくて……」

「へぇーそうなんだ。一緒だね」

「え？　アキラくんも、初めてなの？」

「うん。だから、上手くエスコートとか出来ないと思う。ごめん」

「ううん！　アキラくんと初めてを共有できるの、すごく嬉しい……！」

荒木ヒロミ▲
▲三バカトリオ

臼井アキラ
大槻シズカ

急にアキラくんが後ろから私をぎゅっと抱きしめた。

「あ、アキラくん……？」

花火に夢中になっていた私は突然のことに驚き、
声が裏返りそうになった。

鼓動が、花火に負けないくらい強く全身に響く。

「なんか急に、こうしたくなったんだけど……ダメ？」

背中からじんわりと、アキラくんの温もりが伝わってくる。

アキラくんの腕の中で見る花火は綺麗で、私を抱きしめてくれるアキラくんが愛おしかった。

「ダメじゃ……ないです」
後ろから回されたアキラくんの腕を、ぎゅっと抱きしめる。

「気に入ったぜ！　お前がここらで喧嘩が最も
強い男だと認めてやってもいいな！
だからお前を――俺がヤンキー界で
てっぺん獲るための踏み台にしてやろう！」

「どうした？　俺を踏み台に
しようとしているように聞こえたけど
……お前には高すぎて踏めないんじゃないか？」

パシられ陰キャが実は最強だった件

About how a gloomy man who is used as an errand boy is actually the strongest.

CONTENTS

パシられ陰キャが実は最強だった件 2

マリパラ

MF文庫J

口絵・本文イラスト●ふーみ
漫画●六井調

第一章　パシられ陰キャと、デートする件

スカートに、変なシワ無し。洋服に、謎の染み無し。靴、汚れ無し。

髪はいつも通り綺麗《きれい》に二つに結べた。メイクはしたことがないからする勇気が出なかったけど、今日は思い切って色付きのリップクリームを塗ってみた。

鞄《かばん》にはスマホと財布。スマホの充電は現在九十八パーセント。財布には、今年もらったまま手つかずのお年玉が入っている。どのくらい使うか分からないけど、足りないなんてことにはならないはずだ。

そしてハンカチ、ティッシュ、ウェットティッシュ、冷たいお茶の入ったマイボトル……何かあった時のために、絆創膏《ばんそうこう》と虫刺され用の薬と暇つぶしに脳トレクイズの本。

——完璧よ。初デートの準備はバッチリ整っているはず……。

六月第一週の日曜日。晴天。デート日和。

私——大槻《おおつき》シズカは、猫岡沢《ねこおかざわ》駅の改札前でそわそわしながら恋人が来るのを待っていた。

……そう、恋人。ここで待ち合わせしているのは、私とお付き合いしている同じクラスの男子だ。

学級委員長歴十年目。真面目で融通の利かない私は、高校一年生の時にクラスメイトの

女子からこんな風に言われたことがある。

――委員長って、男に厳しすぎて彼氏できなそう。

適当に笑って流したけど、結構気にしていた。私だって恋愛に興味がないわけじゃない。

まだ好きな男子はいなかったけれど、グサッと刺さる台詞《せりふ》だった。

ところがなんと、ついに私にも彼氏ができた。しかも、とってもかっこよくて素敵な彼氏が……。

「――委員長、お待たせ」

「ひゃっ!! あ、臼井《うすい》くん!!」

「あ、ごめん……ビックリさせちゃった?」

「ううん! だ、大丈夫!」

考え事をしていた私の顔を横から覗《のぞ》き込《こ》んだのは、待ち人の臼井アキラくんだった。

――私服姿の臼井くんだ……。

今まで制服姿とジャージ姿しか見たことがなかったから、私服姿が新鮮で地味に感動する。紺色のパーカーも、黒いズボンも、そこはかとなく臼井くんらしいと思った。

「私服だと、委員長の雰囲気が違って見えるから、緊張するね」

小さな声で呟《つぶや》くように、臼井くんが言った。

雰囲気が違って見えるって……イメージと違ってガッカリしただろうか。

昨日、ヒロミを家に呼んで服選びを手伝ってもらい、「シズカらしくていいんじゃないか？」とお墨付きをもらったコーデだけど、臼井《うすい》くんの好みとは違ったのかもしれない。

「ごめんね……あまりかわいい服持ってなくて」

苦笑交じりに謝ると、臼井くんがちょっと驚いた顔をした。

「え？　充分…………かわいいと思うよ？」

「ふぇ？」

イマ、ナントオッシャイマシタ？

かわいい……可愛《かわい》い…………かわいい!?

いきなりストレートにかわいいと言われて、容姿を褒められ慣れていない私は立《た》ち眩《くら》みしそうになった。まさか臼井くんがそんな風に言ってくれるなんて、予想外なんですが。

「う、臼井くんは、私服姿も、かっこいいと……思います」

「あ……ありがとう」

私も臼井くんを褒め返さなくては……と、決死の思いで臼井くんの私服姿を褒める。しかしこれにより、二人とも照れて何も話せなくなるという事態が発生。デートはこれからなのに、駅の改札前で動けなくなった。

——臼井アキラくんと出会ったのは高校二年生の春。初めて同じクラスになったのがキッカケで知り合った……。

クラス替え当初、通称三バカトリオというヤンキー三人組にパシリにされていた臼井くん。私も学級委員長として、臼井くんがイジメを苦にして不登校になったらどうしようかと心配していた。

しかし、なんと臼井くんは趣味でパシられていただけ。実は心配性で不測の事態に備えた結果、やたらと運動神経が良くて、とっても喧嘩《けんか》が強くなったそうだ。そして私が路地裏で出会ったＤＱＮ男や、私を人質に取ったヤンキーと戦い、私を助けてくれた。

普段は眠そうで、何を考えているか分からないと言われがちな臼井くんだけど、私のことをとても大事に想《おも》ってくれている。……すごく優しい人なのだ。

――委員長に何かあると……俺は俺じゃいられなくなる。いつもみんなに何考えてるか分からないって言われるのに。俺だって、表情も感情も人より薄いのが分かってるのに。委員長を想うと自分で抑えきれないくらい激しい感情に揺さぶられるんだ……。――あの日、委員長を助け出した時からずっと言いたかった。俺も……委員長が好きだよ。

学校の特別棟で告白した私に、臼井くんが言ってくれた言葉が忘れられない。思い出す度に胸がきゅうっと締め付けられて、臼井くんを好きって気持ちが無限に湧き出す。

「――……どうしたの？　委員長」

「え？　あ、いや、何でもないよ！」

うっかり一人で思い出し悶《もだ》えしてしまった私を、臼井《うすい》くんが不思議そうに見ていた。

慌てて挙動の不審さを誤魔化《ごまか》していると、臼井くんが「あ……」と声を出してから、わずかに頬《ほお》を赤くした。

「委員長じゃないや。今日はデートだから、ちゃんとシズカって呼ぼうと思ってたのに、委員長って呼ぶ癖がなかなか抜けなくて……。ごめんね、シズカ」

臼井くんに名前を呼ばれて、一瞬息の仕方を忘れそうになった。付き合い始めてからもう何度か呼んでもらったはずなのに、まだ慣れない。

「わ、私も、アキラくんって呼ばなきゃ、だね」

名前を呼ぶのも、呼ばれるのも、ドキドキする。

見ると、アキラくんもちょっと照れたような顔をしていた。

「それにしてもシズカ……来るの早いね。まだ、待ち合わせ時間の十分前なのに」

「遅れちゃったらイヤだなと思って、早めに家を出たんだけど……着くのが早すぎちゃったんだ。そう言うアキラくんも、来るの早かったね」

「うん。俺も、遅れたくないと思ったから」

今日私たちは、初デートでネコオカランドという遊園地に行く予定だ。

現在位置である猫岡沢《ねこおかざわ》駅は、私たちの通う私立寄鳥《よりどり》高校の最寄り駅。ここから電車に乗ること約四十分で、目的地であるネコオカランドの目の前に着く。

二人で話し合って決めた、待ち合わせ時刻は朝の九時。そして現在時刻は、八時五十分。

……ちなみに私がここに着いたのは、八時四十分だ。もう一本後の電車に乗っても、待ち合わせの時間に間に合った気がする。

「今度からは俺も、もっと早く来るね」

アキラくんが、神妙な面持ちで言った。

「いやいやそれじゃ、待ち合わせの時間を決める意味なくなっちゃうよ……ちゃんとお互いに時間ピッタリ目指して頑張ろう！　ね？」

お互いに慎重で心配性だと、こういうことが起きてしまうらしい。相手を待たせないように早く来た結果、二人とも待ち合わせの時間よりずっと早く来てしまうのを想像して、私は思わず笑ってしまった。


ネコオカランドは、周囲を海に囲まれた遊園地。敷地中央にはドリームキャッスルという名の美しいお城があり、その周囲に炎の国、草木の国、水の国、風の国、宝石の国と名付けられた五つのエリアが存在する。そして各エリアには、そのテーマに沿ったアトラクションがあるという。

——実は、遊びに来るのは初めてなんだよね……ちょっと緊張するなぁ……。

入園チケットを機械に通して、園内に足を踏み入れる。するとそこは既に、たくさんの親子連れやカップル、友達同士ではしゃぎ合う人たちで賑《にぎ》わっていた。

「人、多いね……あ、この青いお花ってネコオカランドにしかないっていう特別な花だよね？　綺麗《きれい》だなぁ」

私はたくさんの小さな青い花が咲いているのに気づき、花壇の前でしゃがんだ。ネコオカランドにはこの花が一年中たくさん咲いていると、ホームページで紹介されていたのを覚えている。

「ネモフィラって花に似ているから、ネコフィラって名前なんだっけ？」

パンフレットを見ながら、アキラくんが私の隣にしゃがむ。

「園内の一部に突然この花が自生するようになって、その花の美しさを気に入ったネコオカランドのオーナーが、園内各地の花壇に移したんだって。今でも園内に、この花の自生地が保存されているってパンフレットに書いてあるよ」

「突然自生なんて不思議だね……」

「海に囲まれているから、どこかの船に付いていた種が飛んで来たとか、ネコオカランドを作るために海を埋め立てた時、その盛り土の中に種があって突然変異したとか、いろいろな噂《うわさ》があるね」

「それなら私は、ネコオカキャットがみんなを楽しませるために、妖精パワーでお花を咲かせたって説を推したいなぁ」

「うん、それでいいんじゃないかな」

「それはあり得ないと思う」とかばっさり切り捨てないアキラくんは、やっぱり優しい。

アキラくんはいい意味であっさりしていて、一緒にいて気が楽な人だ。こだわりや自己主張が強くない分、穏やかに会話がしやすい。アキラくんの落ち着いた雰囲気は、一緒にいてとても心地よくて、そんなところも好きだなと思った。

その時、急に着信音が鳴り響いた。アキラくんがポケットからスマホを出し、画面を確認する。

「デンくんからだ……」

「あ、出ていいよ?」

私が言うと、アキラくんが通話ボタンを押してスマホを耳に当てた。

デンくんというのは、三バカトリオの一人。いつもDと書かれた黒いマスクをしているヤンキーだ。昔はただアキラくんをパシリとしか見ていなかったけど、今ではちゃんと友達同士みたい。そして今日のネコオカランドのチケットをくれたのは、そのデンくんだ。

先日私をヤンキー同士の騒動に巻き込んでしまったお詫《わ》びに、私とアキラくんの分のチケットを用意してくれたらしい。つまり私たちが初デートでネコオカランドに来られたのは、デンくんのおかげとも言えるのだけど……。

遊園地のテーマミュージックがかかっているから、デンくんがアキラくんに何を言っているのか聞こえない。アキラくんは、小さなメモ帳に何やら書きながら頷《うなず》いている。

そして五分くらい話して、ようやくアキラくんが電話を切った。

「ごめん、お待たせ」

「何の用だったの？　大丈夫？」

「デンくんからっていうか、三バカトリオからの電話だったんだけど……指示するものを買って来いって」

「え？」

アキラ君の書いたメモを見ると、炎の国のサラマンダークッキー、草木の国のマンドラゴラチョコレート、水の国のスライムグミの詰め合わせ……など、各エリアで買うお土産の名前がズラリ。

今日が初デートだって三バカトリオも知っているのに、こんな時までアキラくんをパシろうだなんて一体どういう了見か。一応三バカトリオにもお土産を買うつもりだったけど、自分たちからお土産を指定するなんてちょっと図々《ずうずう》しい……しかも一つじゃないし。

私が呆《あき》れて物も言えなくなっていると、アキラくんが園の中央のほうを指差した。

「とりあえず、お土産のことは後回しにして進もうか」

「あ、うん。そうだね」

気を取り直して、アキラくんと一緒にネコオカランドの中心へと足を進める。

「シズカは、何か乗りたいものとかある？」

「えっと……私、実はネコオカランドに来るの、初めてなんだ。だから、何に乗りたいかとかもよく分からなくて……」

「へぇーそうなんだ。一緒だね」

「え？　アキラくんも、初めてなの？」

「うん。だから、上手《うま》くエスコートとかできないと思う。ごめん」

「ううん！　アキラくんと初めてを共有できるの、すごく嬉《うれ》しい……！」

楽しい気持ちになって、首を横に揺らしながら歩いていると、アキラくんがふふっと笑った。

――しまった。つい、子どもみたいにはしゃいじゃった……。

恥ずかしくなった私は慌てて気を引き締め、人通りの邪魔にならない場所に寄って立ち止まった。アキラくんも私の近くで足を止める。

「えっと……まずはどのアトラクションに乗るか、決めようか？」

「そうだね」とアキラくんが頷いて、入り口でもらった園内マップをパラッと開く。アトラクションもお店も、一日じゃ回り切れないほどたくさんあった。

「あのね、私、ネットで初心者におすすめの回り方っていうのを調べてきたんだ」

スマホ画面に、ネットで見つけた画像を表示。園内マップに赤い線でおすすめの経路が書かれた図を見せた。

「あ、その画像のサイト、俺も見た」

「え？　そうなの？」

「シズカから特に希望がなかったら、この経路で行ってみようかと思っていて」

「なんだ……考えることは一緒だったんだね」

偶然同じサイトを見て心の準備をしていたなんて……ちょっと面白い。

「じゃあ最寄りの炎の国から行こうか。えっと……このサラマンダーゴーカートが、待ち時間が短くておすすめって書いてあったんだよね。あ、近くにデンくんご所望のサラマンダークッキーを売っているワゴンがあるって。これは買ってあげようかな……」

私がスマホと地図を見比べながら言うと、アキラくんがお使いメモを見て首を傾《かし》げた。

「このお土産リスト……もしかして、この初心者におすすめの回り方の経路に沿って買えるようになってるんじゃ……？」

「え？」

一つ一つ確認してみたら、全部、私たちが見たサイトのおすすめアトラクションの近くで買えるお土産だった。つまり、このお土産全部買おうとしながら園を回ると、おすすめ経路と一致するということで……。

「俺がネコオカランド行くの初めてって言ったから、気を遣ってくれたのかも」

「そっか……ただお土産が欲しかったんじゃなくて、私たちをサポートするつもりでお土産を頼んだのか……。それなら、お土産はちゃんと買ってあげなきゃ……」

「でも言われたお土産全部買うと、お礼にしては多すぎるような気がしない？」

「確かに。じゃあその中から適当に三個ぐらい買ってあげればいいか」

ヤンキーのくせに分別があり、けっこう気が利く三バカトリオ。今頃私たちのデートがどうなっているのか想像して、ニヤニヤしているのかもしれない。

「さてと！　最初に目指すアトラクションが決まったし、早速行こうか！」

私はスマホを鞄《かばん》のポケットにしまって歩き出す。すると、数歩進んだところで背後からカシャーンという音がした。

「シズカ、スマホ落ちたよ」

「あ、ありがとう！」

アキラくんが地面に落ちたスマホを拾って、渡してくれた。ポケットにしまったつもりだったが、ちゃんと入っていなかったようだ。

「大丈夫？　壊れてない？」

「うん、大丈夫そう。アキラくんに気づいてもらえて良かった。こんなに広い遊園地でスマホ落としたら、見つからなくなっちゃうよね」

「落とし物として園に保管されていれば、探すのラクだけどね」

「アキラくんのスマホで、私のスマホの位置が分かれば安心なのになぁ。私はうっかり落とすことありそうだけど、アキラくんは落とさなそうだし」

「そう、かな……？」

アキラくんが、ちょっと困ったような顔をした。

しまった。甘えすぎてしまったかも。

いつも学校ではしっかり者としてクラスメイトから頼られる私だけど、アキラくんにはついつい頼ってしまいそうになる。

「ごめんね……アキラくんに頼るの前提じゃダメだよね。自分で、しっかりします……」

自分自身にも言い聞かせるように言うと、アキラくんが遠慮がちに言った。

「あ、いや、頼ってくれるのは嬉《うれ》しいから大丈夫なんだけど……心配なら、位置情報を共有するアプリでもスマホに入れとく？」

「え？　いいの？」

「うん、シズカが、いいなら……」

「よろしくお願いします！　これで、うっかり園内ではぐれても安心だね！」

「えっと……迷子になった時は、まず電話かな？」

「あ、そっか……そうだね」

スマホに位置情報共有アプリをインストールし、お互いの端末を登録。このアプリがお守りのように思えて、またちょっと嬉しい私だった。


炎の国のサラマンダーゴーカートに乗って、サラマンダークッキーを手に入れる。初心者向けのミッションを一つクリアしたところで、アキラくんが周囲をやたらと気にしているのに気づいた。

「アキラくん、どうしたの？」

「……誰かに見られている気がして」

「え？」

キョロキョロと周りを見るが、誰かが自分たちを見ているようにも感じない。でも、アキラくんはとても鋭い人だから、私が感知できないような何かを感じているのかもしれない。

アキラくんは周囲の様子をしばし窺《うかが》い、それから近くの腰より低い生垣に向かってゆっくりと歩み寄った。私も恐る恐るアキラくんの後に続く。

上から覗《のぞ》き込《こ》むと……生垣の後ろに、見知った顔が三つあった。

「……何してるの？」

アキラくんが冷たい声で、三人に問う。

びくりと体を震わせ、Dと書かれた黒マスクのヤンキーが白々しい声で答えた。

「いや、どこのどなたか知りませんが、何か御用でしょうか？」

その隣にいる、Qと書かれたキャップを後ろ向きに被《かぶ》ったヤンキーが続ける。

「俺たちは生垣の裏でじっとしているのが大好きな、善良な市民だぞー」

さらにその隣にいる、頭にNの字の剃《そ》り込《こ》みの入ったヤンキーも言う。

「そうなんだな。ネコオカランドの生垣の裏は最高なんだな」

「もう一度聞くけど、デンくん、キュウくん、ノンくん、そこで何をしているの？」

アキラくんの淡々とした問いかけに、三人の表情が強張《こわば》る。

デンくん、キュウくん、ノンくんの三人こそ、アキラくんをいつもパシろうとするヤンキー三人組、通称三バカトリオだ。今日はそれぞれ私服姿だけど、トレードマークのDQNの字はよく目立っていた。

一見大人しそうな男子とヤンキー三人組。普通ならヤンキー三人組のほうが強いものだけれど、そうではない。三人は既に、自分たちが束になってもアキラくんに敵《かな》わないということを知っている。そして、怒らせたら怖いということも……。

「わ、悪かったって！　俺たちはただ心配だったんだよ！　オメーらの初デートが無事に成功するかってさ！」

デンくんが必死に言い訳をした。

しかしアキラくんは、無表情でじーっと三人を見下ろしている。アキラくんの無言の圧力に、三バカトリオはそれぞれあらぬ方向を見た。

「まずは三人とも、そこから出なさい。そこは人が入っていい場所じゃないでしょ？」

私が言うと、三バカトリオは渋々と生垣の後ろから出てきて、地面に正座した。

アキラくんが三バカトリオを指差しながら、私に聞く。

「シズカ、こいつらのこと、どうしようか？」

「うーん……まぁ、もうついてこないって言うならいいんじゃないかな？　ただ、自分たちも来たんだから、アキラくんに頼んでいたお土産は自分たちで買ってね？」

「はーい。すみませんでした」

声を揃《そろ》え、三バカトリオが素直に返事をする。

「へんに素直で逆に心配なんだけど……隠れてまたついてきそうじゃない？」

アキラくんに疑われて、三バカトリオがギクリと身を固くするのが分かった。

言われてみれば、本当についてこないか心配だ。これからアキラくんとネコオカランドを楽しむ様子を、三バカトリオに逐一観察されるなんて絶対に嫌だし。

でも三バカトリオの見張りを誰かに頼むわけにもいかないもんなぁ……なんて考えていたら、こちらに向かって歩いてくる金髪のヤンキー女子の姿を見つけた。

「え？　ヒロミ⁉」

右腕にポップコーンの入った大きなバケットを抱えて、ポップコーンをポリポリ食べながら歩いてきたのは私の親友。ヒロミはTシャツにホットパンツ姿で、長い足を惜しみなく晒《さら》している。スタイルがいいから、モデルさんみたいだ。

「ったく、そんなことになると思ったよ。あたしも来て正解だったな……」

「ヒロミまで来ていたの⁉」

「オメーも尾行か？　委員長に怒られっぞー？」

デンくんがニヤニヤしながらヒロミに言う。するとヒロミは、虫けらでも見るような目でデンくんを見て、チッと舌打ちした。

「バーカ、あたしが尾行しに来たのはシズカたちじゃねーよ。お前らだ、三バカトリオ」

「は？」

「お前らが二人のデートの邪魔する気がしてつけてきたんだよ。はい、撤収、撤収ー。こいつらはあたしが面倒見とくから、シズカたちは水いらずでデート楽しんで」

ヒロミがデンくんの首根っこを容赦なく掴《つか》み、ズルズルと引きずっていく。

「くっそー！　これから楽しくなるところなのにー！　ついでにあんなことやこんなことしてる写真撮って、あとで初デート記念プレゼントにしてやるつもりだったのにー！」

「あたしのシズカを盗撮しようとはいい度胸だな。あとでスマホ出しな。へし折ってやる」

「待て！　まだ撮ってない！　撮ってないから!!」

デンくんを引きずってどんどん遠くに離れるヒロミ。そのあとを、キュウくんとノンくんが苦笑しながらついていく。

やがて四人の姿が見えなくなると、アキラくんが私に向かって言った。

「荒木《あらき》さんなら、うまく三バカトリオの相手してくれると思うし、次行こうか」

「あはは……そうだね」

ヒロミが三バカトリオとどんな一日を過ごすのか気になる。けれど、せっかく二人きりにしてもらったんだから、私はアキラくんとの時間を思いっきり楽しまないと。

アキラくんと一緒に次のアトラクションを目指そうとした時、ふと屋外のお土産売り場が目に入った。ネコオカランドのキャラクター、ネコオカキャットの被《かぶ》り物《もの》やお面、カチューシャなどが売られているようだ。

私はアキラくんから無言で離れ、吸い寄せられるようにそのワゴンに向かった。

「か、かわいい……」

被れば頭の上に、ネコオカキャットがだらんと寝そべるデザインの帽子がある。そのゆるっとした姿から目が離せない。家に帰ったら二度と被る機会がなさそうな帽子だけど、遊園地マジックのせいで欲しくて堪《たま》らなくなる。

「帽子？」

隣にアキラくんが来て、私の持っている帽子を見る。

「うん。私、ネコオカランドのグッズを買うのが夢だったから、気になっちゃって……どうかな？」

『ぜひご試着ください』と書かれたカードを見つけ、試しに被《かぶ》ってみる。そのままアキラくんに見せると、アキラくんがポツリと言った。

「あ……かわいい」

全身が一気に熱くなって、考えるより先に私はお財布からお金を出していた。

「このまま買います!!」

「ありがとうございまーす」

店員さんに笑顔で見送られ、私は帽子を被ったままアキラくんと一緒にお店を離れる。

――アキラくん、さらっとかわいいとか言うから、心臓止まりそうになるよ……。

でも体も気持ちもポカポカしている。楽しい。アキラくんと一緒で、本当に楽しい。

「アキラくん、次はあれに行こう！」

草木の国に入るとすぐ、蔦《つた》に覆われた洋館のような建物に向かった。そこは梟《ふくろう》のような乗り物に乗って、草木を操る魔女の家を探検するアトラクションだった。それから、ハンドルを回すとぐるぐる回転するキノコに乗ったり、水の国でショーを見たり……。

気がつくと午後一時になっていて、とってもお腹《なか》が空《す》いていた。

「いつの間にか昼過ぎてたね。そろそろ何か食べる？」

アキラくんもお腹《なか》が空《す》いたようだ。園内マップを見ながら食べる場所を探してくれている。

どこもかしこもいい匂いがする園内。屋外のあちこちに食べ物を販売する売店が見える。

「ねぇアキラくん、レストランもいいんだけど……売店が気になっているんだよね……。ここでしか食べられないと思うと、いろんなものを食べてみたいなぁって。でも金額的にも胃袋の容量的にも限界があるし……どうしたものか……」

そう言って悩んでいると、アキラくんが園内マップを畳んだ。

「じゃあいろいろ一個ずつ買って、二人で分けて食べる？」

「い、いいの？」

「うん、俺もいろんなものを食べてみたいし」

明らかに気を遣ってくれていると思うんだけど、アキラくんの申し出は嬉《うれ》しかった。何より、私の気持ちを優先してくれるアキラくんの優しさにきゅんとする。

あとでアキラくんに、何かお礼ができるといいな。

「じゃあ、私はあっちのクレープ買ってくるね！　アキラくんは、そっちのポップコーンをよろしくね！」

私は早速、意気揚々とクレープ屋さんに向かって駆け出した。列に並びながらメニュー表を眺め、どれを買おうか考える。どれもボリューム満点の具材もりもりなクレープばかり。一個食べたらかなりお腹が膨れそうだ。

――でも、二人で分ければ他にも食べるお腹の余裕が確保できるはず。どれにしようかな……。そういえば、アキラくんってどういう系が好きなんだっけ？

以前、アキラくんに好きな食べ物を聞いてみたら、「食べ物なら、何でも食べるよ」という、あっさりした回答をもらった。

特に、何が好きとか苦手とかないみたいだったけど……このクレープのメニュー表を前にした時、アキラくんならどれを選ぶのだろう。

――……って私！　なんでせっかくのデートなのに別行動しているの⁉　どっちも並ぶと時間かかると思って、無意識に手分けしようとしちゃった！　列に並びながら「どれにしようかなー？」って会話するのも遊園地のアトラクションなのに‼

ポップコーンの屋台を見やると、列に並んで静かに順番を待っているアキラくんが見えた。きっと一人で並びながら、私の可愛《かわい》げのなさに呆《あき》れていることだろう。

列に並んだ人たちがメニューを選びながら笑い合っているのを見て、急に寂しい気持ちになってしまった。

――いやいやここで気落ちしていても仕方ないから。まだデートは終わってないんだし、あとでちゃんと謝って、それからどうにか挽回《ばんかい》すれば……。

「――やっと見つけたわ」

「え？」

下を向いて列が進むのを待っていたら、急に誰かに手首を掴《つか》まれた。

驚いて顔を上げる。と、そこにいたのは黒いサングラスをかけた黒いスーツの人。声色からして、おそらく男性だ。髪に薔薇《ばら》の花飾りをつけていて、特徴的な見た目をしている。

向こうは私を知っているようだけど、こんな人に見覚えはない。

しかし、この人は私に対して何やらとても怒っているようだ。緊張して、体が強張《こわば》る。

「もう勝手な行動は許さないわよ。……大人しくこっちに来なさい」

「え……？」

訳の分からないまま手を引っ張られ、クレープの列から外れる。

口調は丁寧だけど引っ張り方は容赦なかった。抵抗しても、敵《かな》わない。あまりに急な出来事に、言葉がうまく出ない。状況が呑《の》み込《こ》めず、ただただ怖い。

引っ張られていった先には、同じように黒いサングラスをかけて黒いスーツを着た男性が四人。全員体格が良く、只者《ただもの》じゃない気配がした。

そして薔薇の男は、特に大柄な男に私を引き渡した。

「は、放して……っ」

喉に声が張り付く。か細い声しか出なかった。逃げようにも、肩を掴まれて動けない。

　すると薔薇の男が、胸ポケットから取り出した無線機のようなものに向かって告げた。

「こちらA班。ターゲットを捕獲した。ただちにホームへ戻る」

『了解』

　──何なのこの人たち……ターゲットって私のこと!?　なんで私が連れていかれるの!?

　他のお客さんたちは私たちをチラッと見るが、そのまま素通りしてしまう。園内スタッフも、特に動こうとしない。まるで、この騒ぎを黙認しているかのようだ。

　危険な予感がした私は、必死に叫んだ。

「………アキラくん!!」

「アキラ……？」

　喉から振り絞った声は、ようやく普通の声ぐらいの大きさになった。私の手を掴んでいた男が、不思議そうにその名を呟《つぶや》く。──そして不意に、私から手を離した。

「え？」と驚いて振り向く私の前で、大柄な男の体がふらりと揺らぐ。そして傾く男の背後から、困惑した表情のアキラくんが姿を現した。

「えっとこれは……どういう状況？」

「アキラくん……!?」

　さっきまで私を掴んでいた大柄の男は、地面に伏して動かない。どうやらアキラくんが背後から男を気絶させたようだ。

「よ、よく分からなくて……」

アキラくんの腕に急いでしがみつき、状況を説明しようとするが、どう言ったらいいものか分からず言《い》い淀《よど》む。するとアキラくんは、私を安心させようとするように手をぎゅっと握ってくれた。そして──私の手を握ったまま、黒服たちにスッと険しい目を向けた。

アキラくんの登場に、怪しい黒服たちの表情も先程までより険しくなる。

無線機で連絡をしていた薔薇《ばら》の男もアキラくんに気づき、腰元から乗馬で使うような短い鞭《むち》を取り出しながら近づいてきた。そして、アキラくんの顎下にピッと短鞭《たんべん》を当てる。

「なかなか可愛《かわい》い顔した坊やだけど……何？　アタシたちの邪魔するつもりなの？」

口調は穏やかだが、穏やかじゃない気迫を感じる。

しかしアキラくんは怯《ひる》むことなく、短鞭の先を握って言い返した。

「そっちこそ、俺の彼女に何の用？」

「は？　彼女ですって……？」

薔薇の男が額に青筋を浮かべ、低く呟《つぶや》く。

「いつの間に虫が……害虫は、すぐさま駆除しなければ……」

ただならない様子に、背筋がゾクッとした。

おそらくそう感じたのは私だけじゃなかったのだろう。アキラくんが短鞭を押しのけ、私の手をひときわ強く握ると、すぐさまグッと引っ張った。

「会話が通じる相手じゃなさそうだ。シズカ、逃げるよ」

「え⁉」

言うや否やアキラくんが走り出す。つられて、私も一緒に走る。

後方から薔薇の男の叫ぶ声が聞こえた。

「こちらA班！　エネミーが現れた。応援を求む。ターゲットは再度捕獲。エネミーは可及的速やかに——ぶっ潰《つぶ》すわよ‼」

——ぶっ潰す⁉

思ったより物騒な発言に、冷や汗が出る。

黒服たちが「止まりなさい‼」と叫びながら追いかけてくるが、もちろん私たちは止まらない。

追いかけられる原因は不明。あの人たちの正体も不明。

ただ、捕まったら私はどこかに連れ去られそうだし、アキラくんは何をされるか分からない。初デートで訪れたネコオカランドを、私たちは全力で逃げ回ることになってしまった。

おいしいね
アキラくん
うん
キャーッ
ゴーッ
アキラくん！
ネコオカキャットだよ！
写真撮ってもらおう
カシャッ
ドドドドドド
——っていうデートがしたかったのに…！
したかったのに…!!
おなかすいた…
真面目な委員長は普通のデートをさせてもらえない件

第二章　パシられ陰キャが、逃走中の件

◆

俺——臼井《うすい》アキラは、シズカの手を握ったままネコオカランド内を走っていた。

シズカはそこまで走るのが速くない。それに、長い距離は走れないだろう。速く走って謎の黒服集団を振り切るのは困難。人混みに紛れてどこかに身を潜めるしかない。

そう考えた俺は、人の多いところを選んで走り、やがて人の目に付きにくそうな大きな石碑のオブジェの後ろにシズカを引っ張り込んだ。

二人でしゃがみこんで、荒い息を整える。少し休めばすぐに落ち着きそうな俺と違い、シズカは痛々しいくらい苦しそうな呼吸をしていた。

「大丈夫？　速かったよね……」

「大丈夫……それより、走るの遅くて、ごめん……」

「気にしないで。少し休もう」

「うん……」

シズカは暗い表情をしていた。そしてシズカの被《かぶ》っている帽子にいるネコオカキャットも、心なしか、しょぼんとした顔をしているように見えた。

「初めてのネコオカランドなのに……アキラくんと初めてのデートなのに、どうしてこんな目に遭うんだろう……？　なんで、周りの人は誰も助けてくれないんだろう……？」

シズカが悲しそうに言った。

「まず園のスタッフがおかしい。みんな見て見ぬ振りしている気がする。そのせいで、他のお客さんはこれが園の許可済みのイベントだと思っているんじゃないかな。どこかの動画配信者の企画とかだと思われているのかも」

「ネコオカランドの人は、みんな私が捕まればいいと思っているってこと⁉　アキラくんは何もしていないのにエネミーとか言われているし……どうして……」

その時、俺はふと人の気配を感じ、自分の口元で人差し指を立てた。シズカはすぐに唇を引き結び、体を縮める。

俺たちの隠れている石碑の前の通りを、黒服の一人が歩いていた。

「こちら凪の国、ターゲットとエネミーの姿を捕捉できません」

『園から出られたら面倒なことになるわ。何としても見つけ出すのよ』

「了解」

こちらに気づかず、黒服は通り過ぎていく。それを見て、シズカがホッと息を吐いた。

「ネコオカランドから、脱出するしかないのかな……？」

シズカの言葉を受けて、俺は言う。

「既にゲートには見張りがいるかも。その前に、ここはゲートから一番遠い風の国エリア。ここからゲートまで、黒服に見つからずに行くにはどうしたらいいか……」

園のスタッフがあの黒服集団と繋《つな》がっている可能性があるから、園のスタッフに姿を見られるのもできる限り避けたい。直接捕まえに来る気配はなかったが、無線機で情報を流しているかもしれない……。

「私はいいから、アキラくんだけでもネコオカランドから脱出できないかな？　アキラくんなら、あの人たち全員振り切って逃げることもできるよね？」

シズカは、眉根をぎゅっと寄せて、俺のことを見ていた。

「……シズカはどうするの？」

「私は……エネミーじゃないみたいだから、捕まっても潰《つぶ》される心配はないかな……と」

自分を置いて行けと言っているシズカに、腹の奥がじりっと熱くなった。自分の安全のために、俺がシズカを置いて逃げられる神経を持っていると思われているなら、心外だ。

コツンとシズカの額に額をぶつけ、至近距離で低く囁《ささや》く。

「シズカを置いて一人で逃げるなんてこと、俺がすると思う？」

シズカがハッとして、ふるふると首を横に振った。

「うん。俺はそんなこと絶対にしないから……そういうの、もう言わないで」

こくこくとシズカが頷《うなず》く。

思わずちょっと怒ってしまったせいで、シズカがさらにしょぼんとしてしまった。俺も申し訳ない気持ちになり、額を合わせたまま無言になる。

こんなところに狙われたシズカを置いて逃げるなんて考えられない。

優しいシズカは、俺が傷つけられるのがイヤだから言ったのだろう。それはちゃんと分かっている。でも俺はシズカが思うよりずっと、シズカのことを大事に想《おも》っている。それこそ、全世界の人を敵に回しても、シズカを守りたいと思うくらいに……。

――とは言え、このままシズカを連れて奴《やつ》らを撒《ま》くことはできない。どうすれば……？

思案中、再び黒服がこちらに向かって歩いてくるのが見えた。しかも角度的に、俺たちのいる場所が見えそうで――。

「風の国！　空の石碑近辺でターゲットとエネミーを発見！　至急応援を頼む！」

『分かったわ！　総員、風の国へ！』

『了解』

俺とシズカは、お互い何も言わずに再び人混み目がけて走り出した。パレードが始まるのか、何もない通りにたくさんの人が集まって、場所取りをしている。人とぶつからないように気をつけて走り続けると、前方に巨大な観覧車が見えてきた。

「アキラくん……！　私、もう……！」

シズカが走りながら苦しそうに言った。先程休憩を取ったが、シズカの走りは最初より遅くなっている。

走って逃げるのは、限界か。

「シズカ！　このまま観覧車に行こう！」

「うん……！」

最後の力を振り絞るように、シズカが走る。俺はシズカと手を繋《つな》いだまま、観覧車乗り場に駆け込んだ。

みんなパレードの場所取りに向かっているせいか、風の国の外れにある観覧車は空《す》いていて、前には三組しかお客さんがいなかった。

黒服たちは人混みで俺たちを見失ったようだ。まだ追ってくる気配はない。

「次の方、どうぞー！　よい空の旅を～」

俺たちの番が来て、無事に観覧車のゴンドラに乗る。ゆっくりと上がっていくゴンドラの椅子に並んで座ると、シズカが大きく息を吐いた。

「良かった……乗れたね」

「うん。一周約十五分。下で待ち伏せされていたら、もう腹をくくるしかないね」

ネコオカランドのスタッフと黒服たちが繋がっているのなら、おそらくあの観覧車のスタッフが黒服に連絡を入れているだろう。十五分もあれば、下に黒服たちが全員集結していてもおかしくはない。

ゴンドラの中には、穏やかな音楽が流れている。リラクゼーションミュージックのようだが、今の俺にはただの緊張感のない雑音にしか聞こえなかった。

「ご飯も食べられないまま、もうすぐ三時になっちゃうね……」

シズカが腕時計を見ながら言った。その目には涙が浮かんでいる。泣きそうだ。

俺はそっとシズカを抱き寄せた。シズカが俺の胸元に顔を押し付けてくる。そして、すすり泣く声が聞こえてきた。

「大丈夫。どんな理由があっても、誰が相手でも、シズカは俺が守るから」

「アキラくん……」

「大丈夫だよ……シズカ」

抱き寄せたまま、ゆっくりと背中を撫《な》でる。優しく優しく背中を撫でながら、俺は表情を消して地上を見下ろした。

思った通り、観覧車の搭乗口前には黒服たちが集まってきている。下に降りたら、一戦交えるしかなさそうだ。

……やがてゴンドラが下降を始め、ゆっくりと地上に近づいていく。

シズカは涙を拭いて俺の手をぎゅっと握り、地上で待ち構える黒服たちをじっと見下ろしていた。もう泣いてはいないが、手がわずかに震えている。

他のお客さんが観覧車に乗らないように、黒服たちは観覧車乗り場に向かうお客さんを追い返しているようだ。黒服の数は、全部で十人。あちらも、ここで俺たちと決着をつける気だろう。

「下に着いたら、大人しくこちらに来なさい。言うことを聞けば、そっちの坊やは逃してあげますよ？」

地上から、髪に薔薇《ばら》の髪飾りをつけた男がメガホンを使って呼びかけてきた。

俺はシズカの手を強く握って、自分に言い聞かせるように決意を口にする。

「シズカは渡さない。俺も逃げない」

「アキラくん……」

ついにゴンドラが搭乗口に到着する。観覧車のスタッフがドアを開け、いつでも下りられるようにゴンドラが横にゆっくり動く。搭乗口付近に黒服の姿はない。もう俺たちに逃げ場はないと踏んでいるのだろう。ありがたいことに、随分舐《な》めてくれているようだ。

俺は下りる準備をして立っているシズカの肩に手を置いて、すとんと椅子に座らせた。

「シズカはもう一周乗ってきて」

「え？」

「次に下に降りてくるまでに、片づけておくから」

下車時間ギリギリで下りて、「ドアを閉めてください」と観覧車のスタッフに頼む。有無を言わさぬ圧力を込めて言うと、スタッフは大人しく俺の言うことを聞いてくれた。

シズカをゴンドラに残したままドアが閉まり、ロックされる。

「待って！　アキラくん！」

上がっていくゴンドラから、シズカの声が聞こえてきた。だが俺は、振り向かない。

……外に出ると、黒服がズラリと横一線に並んで待っていた。

薔薇《ばら》の男が前に出る。どうやらこいつがリーダーのようだ。

「あら？　一人なの？」

「彼女には、もう一周乗ってきてもらうことにした」

「ふぅん？　それで？　坊や一人でどうするつもり？　泣いて許しを乞うなら、その泣き様次第で許してやらないこともないけれど？」

「どうして彼女を狙う？　お前らは誰だ？　目的は何だ？」

俺が問いかけると、薔薇の男が鼻で笑った。

「フン！　知らないフリして時間を稼ごうったって無駄よ」

やはり会話にならない。敵対の姿勢を崩すつもりはないらしい。

「まだ彼女を連れ去るつもりなら、俺が相手になる。一応聞くが、もう引く気はないのか？」

「痛い目に遭わなきゃ、自分の立場ってのが分からないようね……」

薔薇の男が、腰元からピッと短鞭《たんべん》を取り出した。

「躾《しつ》けてやるから覚悟しなさい。クソガキ」

「まともに会話もできない大人が、ガキに言うこと聞かせられると思うなよ」

俺の一言で、薔薇の男の額にビキッと青筋が浮かんだ。

「総員、このガキを潰《つぶ》しなさい！」

その怒声を合図に、黒服たちが襲い掛かってくる。俺は観覧車乗り場を囲う柵の上にひらりと飛び乗ると、掴《つか》みかかってきた男の顔面に飛び蹴りをお見舞いする。さらに殴りかかってきた男の腕を掴んで投げ飛ばし、背後にいた男の顎に裏拳を喰《く》らわせた。俺の周りで、一人、また一人と黒服たちが倒れていく。

「このガキ……!!」

薔薇の男が、短鞭を振り回す。ヒュンヒュンと鋭く風を切る音が聞こえるが、躱《かわ》すのに問題はない。

全員、その辺のごろつきとは動きが違う。戦う訓練を受けた大人たちなのだろう。だが、俺はまだかすり傷一つ負っていなかった。このくらいの攻撃なら、問題なく躱せる。

そしてとうとう九人目の黒服が地面に倒れた頃、シズカの乗ったゴンドラが下りてくるのが視界の端に映った。

残るは一人。……薔薇の男は、荒い呼吸をして俺と対峙《たいじ》していた。

「一人になったけど、どうする？　泣いて許しを乞われたぐらいじゃ、俺は許せる気がしないんだけど？」

「く……っ」

冷たく言い放つと、薔薇《ばら》の男が唇を噛《か》んだ。

「どこでそんな風に鍛えたか知らないけど、大人を舐《な》めんじゃないわよ!!」

瞬時に距離を詰め、短鞭《たんべん》を振りかざす薔薇の男。その動きには、草食動物を仕留めにかかる猛獣のような勢いがあった。

――だが、見切れない速さじゃない。

右手で短鞭の先を掴《つか》み、左手で短鞭の根本を掴む。そして――ブチッと引きちぎった。

「いやぁぁぁぁぁぁぁぁアタシのお気に入りの鞭《むち》がぁぁぁぁぁぁぁぁぁぁぁ!!」

俺が引きちぎって捨てた鞭を前に、薔薇の男が泣き崩れる。通りすがりの一般客も何事かと集まってきたところで、観覧車のゴンドラから降りたシズカが俺のほうに走ってきた。

◇

私は観覧車のゴンドラのドアが開くとすぐ、外に飛び出した。ゴンドラがゆっくり動いているせいで、着地の瞬間に足がもつれそうになった。でも立ち止まらず、必死に足を動かして出口を目指す。

そしてすぐにアキラくんの姿を見つけた。ゴンドラからも見えていたけど、地面には九人の黒服が倒れている。最後の一人である薔薇の男は、なぜか地面に泣き伏していた。

「アキラくん……！」

私はアキラくんに駆け寄ると、そのままの勢いでアキラくんの体に抱きついた。

――大丈夫。無事だった。無事だって見えていたけど、ちゃんと無事だった……。

アキラくんの温《ぬく》もりを感じて、涙と一緒に怒りが溢《あふ》れてくる。

「心配したんだからね……!!」

アキラくんの顔を見て思いっきり叫ぶと、アキラくんが目を丸くした。でも、私の涙も怒りも止まらない。ゴンドラの中で一人抱えていた、やり場のない怒りが爆発する。

「いきなり一人で残って戦うなんてそんな無茶《むちゃ》して……アキラくんに何かあったら私はどうすればいいの!?」

「ご、ごめん……」

「私がいたら邪魔っていうのも分かるし、一人のほうが戦いやすいのも分かるけど、分かるけどぉ……!!　私が一体、どんな気持ちでゴンドラから見ていたか分かる!?」

「シズカ……本当に、ごめん」

さっきまで黒服集団をバッタバッタと倒していたアキラくんが、オロオロと狼狽《うろた》える。

このタイミングで泣くのはズルイことだって分かっているけれど、涙が出てくるんだか

ら仕方ない。怒ってるのか泣いてるのかハッキリしてほしいって思われそうだけど、どっちも同じくらい勢いよく噴き出してくる感情だから仕方ない。

全部アキラくんにぶつけないと、私の気持ちは収まりそうになかった。

アキラくんは何度も「ごめん」と謝りながら、私を落ち着かせようと背中を撫《な》でる。

そんな私たちに、薔薇《ばら》の男が言った。

「ちょっと随分見せつけてくれるじゃない！　でも駆け落ちは許さないわよ！　もう旦那様に言いつけるから覚悟しなさい！」

駆け落ち。旦那様。

聞き慣れないワードに、頭の中でクエスチョンマークが踊った。

アキラくんが溜《た》め息《いき》まじりに問う。

「なぁさっきから聞いているけど……あんたらは何者なんだ？」

「見れば分かるでしょ⁉　アタシたちは――シズハお嬢様の護衛よ！」

――シズハ、お嬢様？

私とアキラくんは、ほぼ同時にお互いの顔を見た。

「え？　シズカってお嬢様だったの？」

アキラくんの言葉に、私は首を横にブンブン振る。

「違うよ！　今この人、シズハって言ったよね⁉　……あの、もしかして、人違いしていませんか？　私は、シズカです。大槻《おおつき》シズカと言います」

ネコオカキャットの帽子を取って顔をよく見せると、薔薇《ばら》の男が近くに寄ってきてじーっと私の顔を見る。そして、「あら？」と首を傾《かし》げた。

「シズハお嬢様じゃ……ない？」

するとそこに、私と同じ帽子を被《かぶ》った人が近づいてきた。いや、帽子だけじゃない。驚くことに、着ている服から背恰好《せかっこう》まで私とよく似ている女の子だ。

「胡桃《くるみ》……？　こんなところで何をしているのです？　皆も……どうして地面に倒れているのですか？」

女の子は地面に転がった黒服たちを不思議そうに見ながら、丁寧な話し方で薔薇の男
……胡桃さんに問う。そして、胡桃さんはポカンとした顔で近づいてきた女の子を見た後、叫んだ。

「シズハお嬢様⁉　本物⁉」

「何やら騒がしいので来てみれば……一体何があったのですか？　そちらのカップルさんと、何かあったのですか？」

シズハお嬢様と呼ばれる女の子は、胡桃さんをまっすぐ見て問う。胡桃さんはダラダラと汗を垂らし、震える声で「えぇっと……」と言い淀《よど》んでからようやく返事をした。

「……シズハお嬢様と勘違いし、無関係の方を追いかけ回してしまいました……」

「まぁ！　なんてことを!?」

胡桃さんが、私とアキラくんに向かってガバッと頭を下げる。

「申し訳ございません!!　護衛中のお嬢様を見失い、慌てて捜索していたところでそちらのお嬢さんをお見かけして……お嬢様と背恰好も服装も帽子も同じですし、なんだかお顔もよく似ていますし、お連れ様が『シズハ』と呼んでいるように聞こえてしまい、完全に勘違いをしてしまいました!!」

私は改めてしみじみとシズハさんを見た。

確かに似ている気がするけど……お嬢様の護衛が、赤の他人とお嬢様を見間違えるなんてこと、普通あるだろうか。いや、あっちゃいけないような気がする。そもそも見失うっていうのもどうなのか。

「そんなに似ているかな……？」

苦笑して私がアキラくんに聞くと、胡桃さんが叫んだ。

「似てるわよね!?　あなたもそう思うでしょ!?　その変な猫の帽子被ってると、あれ？　どっちがどっちだっけ？　……ってなるでしょ!?　骨格が似ているからか、声の雰囲気も似てるし！」

「ならないけど。シズカはシズカだし」

「あぁぁぁなんか聞く相手間違えたわ!!」

アキラくんの痛烈な切り返しに、同意を得られなかった胡桃《くるみ》さんが頭を抱えて叫んだ。

その後、私たちは宝石の国のレストランに移動し、ＶＩＰルームに通された。そして、改めてシズハさんから謝罪を受けた。

「わたくしは、千天寺《せんてんじ》シズハと申します。この度は、わたくしが一人で遊園地をエンジョイしている間に、護衛が大変なご迷惑をおかけいたしまして、申し訳ございませんでした。ご無礼をどうかお許しください」

「千天寺って……あの、千天寺財閥の……？」

私が呟《つぶや》くと、シズハさんは静かに頷《うなず》いた。

「はい。わたくしは千天寺財閥当主、千天寺アキヒコの娘でございます」

千天寺アキヒコさんと言えば、世界長者番付に名を連ねる富豪として有名だ。そういえば、千天寺家の経営する千天寺グループは、ネコオカランドの開園に大きく貢献したとニュースで聞いたことがある。つまり、ネコオカランドに顔が利くのだ。あの騒動を見ても園のスタッフが動かなかったのは、胡桃さんたちが裏で園のスタッフに話を通していたからなのだろう。

「でも、帽子のせいで顔が見えにくかったにしても、最初に私をクレープの列から引っ張り出した時点で他人だと気づかないものでしょうか？」

私が不満げに胡桃さんに言うと、シズハさんが申し訳なさそうに言う。

「すみません……胡桃は目が悪いのです。他の感覚が優れているため、普通の人と変わらないように振舞えていますが、パッと見ただけじゃ猫と犬の判別がつかないくらいで」

「……コンタクトレンズはしないいんですか？」

「アレは苦手です」

胡桃さんがボソッと答えた。その手には、アキラくんに引きちぎられた短鞭《たんべん》を大事そうに持っている。よほど気に入ったものだったらしい。

「だったら、サングラスじゃなくてメガネかけたほうがいいような気がしますが？　度付きのサングラスでもいいと思いますけど……」

「このサングラスはご当主から頂いたもので、お気に入りなんですもん。それに、度付きサングラスはレンズが分厚くなっちゃうから格好悪いし……確かに目は悪いですけど、今までこんな見間違いをしたことはなかったですし……」

「お嬢様の護衛って立場なんだし、ファッション性の追求より大事なものがあるだろ」

アキラくんの鋭いツッコミに、胡桃さんが顔を歪《ゆが》めた。ちょっと泣きそうだ。

しかしアキラくんは容赦なく続ける。

「もうこの人の目が悪いのは措《お》いておいたとして、なんで他の九人も全員気づかないのか疑問だな。全員サングラスやめて、メガネにしたほうがいいと思う」

もっともな指摘に、シズハさんが申し訳なさそうな顔をした。

「普段からわたくしの護衛をしているのは、胡桃《くるみ》だけなのです。わたくしは千天寺《せんてんじ》家でも末っ子ですから、後を継ぐお兄様に比べて問題も起きにくいので、多くの護衛は要らなくて。今日は人の多い遊園地に行くので、胡桃が雇った方を一緒に護衛として連れてきたのですが……胡桃が勘違いした時点で、皆、シズカさんをわたくしだと信じて疑わなかったのだと思います」

お金持ちのお嬢様の事情はいまいちピンと来ないので、適当になるほど……と頷《うなず》きそうになる。でも、まだ気になるところがいくつかあった。

「見失ったお嬢様を探していたにしては、物騒な追いかけ方でしたね……？」

胡桃さんに言うと、胡桃さんはハンカチを取り出してこめかみの汗を拭いた。

「最近お嬢様が反抗期でして……いつもこのくらい厳しく接しないと、言うことを聞かないのです。しょっちゅう私を撒《ま》いて、一人でどこかに行ってしまうものですから……」

しゅんとしたシズハさんが、「ごめんなさい……」と謝る。

シズハさんはお淑《しと》やかなお嬢様に見えるけど、どうやらかなりのお転婆《てんば》らしい。

「あと、アキラくんをぶっ潰《つぶ》すとか言っていましたよね……？　お嬢様らしい人物と一緒にいただけで、普通そんなこと言います？」

「お嬢様が旦那様に内緒で、どこの馬の骨とも分からぬ男と駆け落ちしようとしているのだと勘違いしました……。お二人がとても熱烈な関係に見えたので……つい」

ドキッとした。私とアキラくんは、傍《はた》から見るとそんなに仲睦《なかむつ》まじそうに見えたのだろうか。ちょっと嬉《うれ》しい……。

——って、そんな理由で二時間以上追いかけ回されたとか、迷惑すぎでしょうが!!

心の中で、思いっきり叫ぶ。

まだまだツッコミどころはいっぱいある。けれど、シズハさんも胡桃さんも本当に申し訳なさそうにうな垂れているし、これ以上責める気にはなれなかった。

「お詫《わ》びにまずは、こちらでお食事をお楽しみになってください。それから食後にドリームキャッスルの展望台にご案内します。是非、そちらから花火をご覧になって」

「え!?　ドリームキャッスル!?　花火!?」

シズハさんの申し出に、つい私のテンションが上がる。

ドリームキャッスルは、ネコオカランドの中心に位置するお城。そこの展望台が一般客に開放されるイベント日は、年に数回しかない。しかも参加できるかどうかは、ものすごい数の応募の中から抽選で決まるという。

——そして、ドリームキャッスルの展望台から花火を一緒に見たカップルは、生涯結ばれるっていう都市伝説もあるんだよね……。

ドキドキしながらアキラくんを見ると、アキラくんはいつも通りの表情をしていた。でもすぐに私の視線に気づき、こちらを見た。

「じゃあそれで……今回のことは水に流そうか？」

「うん……むしろ、そんなにいろいろしてもらっちゃっていいのかなって感じだけど」

「遠慮なさらないでください。ね？」

「じゃあ……よろしくお願いします」

私とアキラくんが謝罪を受け入れると、シズハさんの表情がパァァッと明るくなった。

「それでは早速……胡桃《くるみ》、お料理を運ばせてちょうだい！」

「かしこまりました」

胡桃さんが席を外すと、見たことのないくらい綺麗《きれい》なお料理が運ばれてきた。

飴色《あめいろ》に光るソースのかかった、ネコオカキャット型のハンバーグステーキ。近くに添えられている宝石のような飾りは、野菜を調理したもののようだ。スープには金箔《きんぱく》がちりばめられているし、パンも何が塗ってあるのか分からないが金色に光って見える。宝石の国名物、宝石料理ってネコオカランドのホームページに書いてあったのを思い出した。とても学生が気軽に食べられるような値段じゃなかった記憶がある。

そしてシズハさんも、「お二人でごゆっくりお過ごしください。私は展望台へのご案内の準備をしてまいりますので」と言って、部屋を出ていった。

「すごいね……。私、マナーとか全然分からないんだけど……」

「俺も分からないけど、ここにいるのは二人だし、あまり気にせずいつも通りに食べればいいんじゃないかな。……ごめん。実はすごく空腹なんだ。もう食べてもいい？」

「あ、うん。そうだよね、お腹空《なかす》いたよね！　早速、食べようか」

「いただきます」

「いただきます」

　アキラくんが静かに手を合わせ、先に料理を食べ始めた。いつもと変わらぬ淡々とした表情で、パクパクとパンを食べ始める。顔を見ただけじゃ全然分からないが、どうやらお腹が空いているというのは本当みたいだ。

　――お昼ご飯も食べずにいっぱい走って、そのあと護衛の人と戦ったんだもんね……。私も、アキラくんが食べているのを見ていたらお腹空いてきたな……。

　逃げている途中から、お腹が空いていたのも忘れてしまっていた。が、ハイペースで料理を食べていくアキラくんを見ていたら、お腹がぐぅっと鳴った。

　ハンバーグステーキを切り分けて口に運ぶと、口の中にじゅわっとお肉の旨味《うまみ》が広がる。

「美味《おい》しい……」

　必死で逃げていた時の疲れが、一気に吹き飛ぶほど美味しかった。

　見れば、アキラくんもどんどんハンバーグステーキを口に運んでいく。

食べている姿は静かで淡々としているのだけど、一口が大きくて、『あぁ、アキラくんは男の子なんだな……』ってドキドキした。

——これ、早く食べないとアキラくんはあっという間に食べ終わっちゃうかも。

自分の食事が遅いせいで待たせるのも良くないと思い、私も食事に集中する。お腹《なか》が空《す》いているし、お料理が美味《おい》しいからどんどん食べられる。お腹が満たされ、自然とウキウキした気持ちになってきたところで、アキラくんが私をじっと見ているのに気づいた。

アキラくんは既に食べ終わっていて、ただ私を見ているだけ。いつから見られていたのだろうか……そう考えると汗が出てきた。

「シズカの『美味しい』って顔、好きだな」

「あ……そう?」

ひゃあああっ心の中で叫びながら、私はお水を飲んだ。

アキラくんの『好きだな』って言葉が私の心に直撃する。

同じクラスになったばかりの頃は、無口な人だと思っていた。でも今では普通に会話してくれるし、思っていることもちゃんと伝えてくれる。いつも静かな水面のような表情だけど、私はその水面にわずかに浮かぶ波紋から、アキラくんの喜怒哀楽を感じ取れるようになっていた。

『臼井《うすい》がよく喋《しゃべ》るのはシズカの前くらいだし、表情の微妙な変化が分かるのもシズカだけだよ。あいつは相変わらず、いつも何考えてるか分からない顔してるぞ』……って先日、ヒロミに言われてしまったけど。

私がお料理を食べ終えた頃、デザートが運ばれてきた。

本物の宝石が詰まっているようなカラフルなジュレと真っ赤なルビーのようなケーキを食べ、レモンを垂らすと色が変わる紅茶を飲んだ。

そしてその後、いよいよ私たちはシズハさんに案内され、アキラくんと二人きりでドリームキャッスルの展望台に上った。もうすっかり日は落ちていて、ライトアップされたアトラクションやお店がキラキラ輝いているのが目に飛び込んでくる。

「わぁ！　すごい……！　綺麗《きれい》だね！」

「シズカ、あっち」

「ん？」

アキラくんが指差した海のほうから、花火が打ちあがる。ドンッという重い音が全身に響いて、空に光が舞い散った。

私はそっと、花火のほうに手を伸ばしてみた。届くはずないけれど、手を伸ばせば花火が掴《つか》めるんじゃないかって思うくらい迫力がある。

その時、急にアキラくんが後ろから私をぎゅっと抱きしめた。

「あ、アキラくん……？」

花火に夢中になっていた私は突然のことに驚き、声が裏返りそうになった。

鼓動が、花火に負けないくらい強く全身に響く。

「なんか急に、こうしたくなったんだけど……ダメ？」

背中からじんわりと、アキラくんの温《ぬく》もりが伝わってくる。

——今日はアキラくんとの初めてのデート。どんな楽しい日になるだろうって、ずっとワクワクしていた。なのに、お昼は食べ損ねるし、途中からアトラクションにも乗れなかったし、あちこち逃げ回ったせいで髪はぐちゃぐちゃ。服も靴も汚れてしまった。

でも……嫌なこと全部帳消しにできるほど、アキラくんの腕の中で見る花火は綺麗《きれい》で、私を抱きしめてくれるアキラくんが愛《いと》おしかった。

「ダメじゃ………ないです」

後ろから回されたアキラくんの腕を、ぎゅっと抱きしめる。

「アキラくん、今日は本当にありがとう……ネコオカランドの回り方を考えてきてくれたり、お昼は食べ物の売店巡りしようとしてくれたり、たくさん私のこと気遣ってくれて嬉《うれ》しかった。後でこっそりアキラくんにプレゼントするお土産を買おうと思っていたのに、それから全然余裕ないまま今になっちゃって……何も渡せるものがないんだよね……」

もうこの花火を見終わったら帰らないと、帰宅が遅くなってしまう。今回は、ゆっくりお土産を買うのは難しそうだ。

「お礼なんて考えなくていいのに……俺も楽しかったから」

「でもね……今日はアキラくんに何かしてもらってばかりだった気がするから、ちょっとでも何かしてあげたかったんだ……」

私がそう言うと、アキラくんが黙ってしまった。しつこすぎて困らせちゃったかなと思っていると、ようやくアキラくんが返事をくれる。

「じゃあ、しばらくこのままでいさせて」

胸がドキドキしすぎて、ちょっと苦しい。

幻想的な空間でアキラくんに抱きしめられていると、ぼんやりと、これは夢なんじゃないかなって思えてきた。もう現実とは思えないほど幸せだ。

——誰かに自分のことを大切に思ってもらえるって、こんなに嬉しいんだ……。

ドリームキャッスルの展望台から花火を見たカップルは必ず結ばれる。その都市伝説が本当なら、私はこれからもずっとアキラくんと一緒にいられるのだろうか。

——どうか、この先もずっと、アキラくんと一緒にいられますように……。

花火の音を聴きながら、私は願った。


「ドリームキャッスルからの花火はいかがでしたか？」

「とても素敵でした。ありがとうございます」

花火が終わり、展望台から下りると、シズハさんが私たちを出迎えてくれた。

「でしょう？　わたくしもあそこから見る花火が大好きなのです。いつか……シズカさんのように、大好きな人と一緒にここで花火を見られたらいいなと思っています」

シズハさんが、ちょっと小さな声で私に言った。胡桃《くるみ》さんに聞かせたくないのか、こっそりと。

――もしかして……シズハさんにも大好きな人がいるのかな？

私がシズハさんをじっと見ると、シズハさんはニコッと微笑《ほほえ》んだ。

「ねぇシズカさん。わたくしとお友達になってくれませんか？」

「え？　友達……ですか？」

「はい。わたくし……恋愛相談ができる友人がいなくて。ただ、お話を聞いてもらえるだけでも嬉《うれ》しいんですけど……」

こんなにいい家のお嬢様と自分がお友達になっていいのだろうか……と不安になった。

しかし、シズハさんが期待を込めた目で見つめてくる。断るのも申し訳ない気がしてきて、私は意を決して応じた。

「私でよければ……」

「まぁ！　嬉しいですわ！　ありがとうございます！」

シズハさんが私の手にメモを渡し、上から私の手を包み込んでぎゅっと握らせた。

「必ず、必ず連絡くださいね！」

そう言うシズハさんはちょっと震えていて、私と友達になるために、とても勇気を出してくれたように感じた。だから、私は深く頷《うなず》いた。

「はい……必ず連絡しますね」


帰りの電車の中……アキラくんの隣でシズハさんからもらったメモを見ると、そこにはメッセージアプリのＩＤが書かれていた。

果たして自分が恋愛相談に乗れるかは疑問だけど、お話を聞くくらいならできるかもしれない。思いがけず新しい友達ができて、またドキドキした。

——シズハさんの大好きな人って、どんな人なのかな……？

電車が走ると、ネコオカランドのキラキラした光がだんだん遠くに流れていく。

夢から覚めていくような不思議な感覚がして、急にちょっと寂しい気持ちになった私は、アキラくんの服の裾をきゅっと握った。

ガタン　ゴトン
じーー…
お土産…
結局これだけだね
ネコオカラ
オラマンダー
クッキー
三バカトリオに
あげようと思って
買ったんだっけ
もう
あげる
必要ないよね
シズカにあげる
え？
いいの？
アキラくんも
初ネコオカランド
だったんでしょ？
俺は
大丈夫だから
えへへ
嬉しい…
ありがとう…
パシられ
陰キャは
この笑顔を
守りたい件

幕間《まくあい》　シズハとジョウ

わたくしは千天寺《せんてんじ》シズハ……父は、千天寺財閥の当主だ。

年の離れた兄が当主の座を継ぐことが決まっているから、わたくしは比較的自由に育てられた。亡き祖母によく似ているという理由で、千天寺財閥の創始者である祖父から溺愛されているし、父も母も兄もわたくしにとても甘い。やりたいことは何でもやらせてもらえた。

でも……わたくしは寂しかった。友達が欲しいのに、わたくしの家とトラブルになるのが怖いのか、なかなか友達になってくれる人がいなかったのだ。

――しかしそんなわたくしにも、運命を変えるような出会いがあった。

わたくしが小学二年生の秋、わたくしがいつも通りお屋敷の庭で一人遊びをしていると……お屋敷を囲う高い塀を越えて、紙飛行機が飛んで来た。

「紙飛行機……？　誰のかしら？」

この塀の向こうに、子どもがいるのかもしれない。もしかしたら、友達になれるかもしれない。……そう思うと、ワクワクした。

――でも、向こうはわたくしと遊びたくないかも……。ここから出れば、わたくしがこの家の者であるのは一目瞭然だし……目の前で逃げられるのはイヤだわ。

わたくしはせめて紙飛行機を返そうと思い、塀に向かって紙飛行機を飛ばそうとした。

「えいっ！　あれ？　飛ばないわね……。ふん！　やぁっ！　てぃっ！」

何度やっても、紙飛行機は塀を越えられない。

このままじゃ紙飛行機を返せないと落胆していると、ガサッと近くの木が揺れた。

「……お前、紙飛行機飛ばすの下手だな」

「なっ……！」

この高い塀を越えて来たのだろうか。木の上にいるのは、わたくしと同じくらいの年の男の子だった。髪は銀色で、立ち上がった前髪が燃えているように赤かった。

「変わった髪の色ね」

思わず素直な感想を零《こぼ》すと、男の子はスタッと地面に飛び降りてニッと笑った。

「かっこいいだろ！　この赤い前髪はな、俺の燃えるような闘志を表すんだ！」

「では、どうしてその周りは銀色なのです？」

「そんなの、かっこいいからに決まってんだろ？」

こちらは褒めるつもりがなかったのだが、男の子はドヤ顔で髪の色を自慢してきた。よほど自分の髪色を気に入っているのだろう。

「それより、紙飛行機の飛ばし方を教えてやるよ！　いいか？　投げつけるんじゃない。

風に乗せるように飛ばすんだ！」

男の子の手から、紙飛行機がスッと空に向かって飛ぶ。そして塀を越えて、その向こうへ行ってしまった。

「勝手に入って悪かった。紙飛行機取れたから帰るわ」

「え？」

男の子は、また大きな木にひょいひょいっと登り出した。

──もう帰ってしまうの⁉

わたくしは慌てて男の子に言った。

「待って！　もっとわたくしに紙飛行機の飛ばし方を教えて！」

木に登った男の子が、わたくしを見下ろす。

「と、友達になって……！」

急に塀の向こうから現れた男の子を、このまま帰したくないと思った。

同じくらいの年齢だろうに、髪を銀と赤に染めている。世間じゃこういう子を『ヤンキー』と呼ぶって聞いたことがある。箱入り娘のわたくしにだって、そのくらいは分かっていた。でも、こんなに飾らない話し方をしてくれた子どもは、この子が初めてだったから……もしかしたら、わたくしと友達になってくれるんじゃないかと思ったのだ。

「まったく……めんどくせーな」

男の子はそう言って、木から塀に飛び乗った。

——断られた……。

塀の向こうに消える男の子。思いが通じなかったショックで、わたくしの目には涙が溢《あふ》れてきた。

「うぅ……」

ぽろぽろと零《こぼ》れた涙が、地面にぱたぱたと落ちる。

「——は？　なんで泣いてんの？」

頭上から、声が降ってきた。

「え？」

涙で濡《ぬ》れた顔を上げると、塀の上に紙飛行機を持った男の子がいた。

「なんで……戻ってきてくれたの？」

「はぁ？　お前が紙飛行機の飛ばし方教えろって言うから、これ拾って来たんだろうが。一緒に紙飛行機やりたいなら、俺が飛ばす前に言えよ。塀越えるのもラクじゃねぇんだぞ」

——めんどくさいっていうのは……紙飛行機を拾いに行くのがめんどうくさいってことだったの？

男の子がわたくしに向かって紙飛行機を飛ばす。そして自身は木の枝に一回ぶら下がってから、ストッと着地した。

「俺はジョウ。お前は？」

「千天寺《せんてんじ》シズハ……」

「じゃあシズハって呼ぶから、一緒に遊ぼうぜ〜」

ジョウが歯を見せて笑う。わたくしも嬉《うれ》しくなって、ちょっとだけ口を大きく開いて笑った。

その当時、ジョウは小学三年生だった。ジョウは両親がいなくて、祖父と二人暮らし。両親がいないことで弄《いじ》ってくる同級生を片っ端から拳《こぶし》で黙らせていたら、友達が一人もできなかったと言って笑っていた。

「両親がいないのは別にいい。俺を嫌いって思っている親に面倒見てもらいたくねぇからな。それなら捨ててもらったほうがマシだ。友達もいらねぇ。俺を見てビビるような奴《やつ》ら、仲間にしたって面白くねぇからな！」

「じゃあわたくしは？　わたくしは、ちゃんとジョウの友達になれますか？」

「あぁ、シズハは俺を見ても全然ビビんなかったもんな！」

わたくしたちはどこか似ている気がした。生い立ちは全然違うけれど、わたくしもジョウも、ちゃんと自分を見てくれる友達が欲しかったのだ。

それからジョウは、ほぼ毎日のようにお屋敷の庭にこっそり忍び込み、わたくしと一緒に遊んでくれるようになった。時折わたくしのお屋敷脱走の手伝いをしてくれて、一緒にお屋敷の外で遊ぶこともあった。

きっとお屋敷の使用人たちは、ジョウの存在に気づいていた。お母様もお兄様も、きっと気づいていた。気づいていて、わたくしに友達ができたことをひそかに喜んでくれていて、黙認していたのだと思う。

しかし、わたくしたちはいつの間にか、お互いに友達以上の感情を抱くようになっていた。そして——ついに、お父様にわたくしとジョウの関係がバレてしまった。わたくしが中等部に進学する直前の春のことだった。

「わたくしはジョウが好きです。心から好きです。どうか、これからもジョウと一緒にいることをお許しください」

「俺もシズハが好きだ。半端なことはしない。だから、一緒にいさせてください」

わたくしとジョウは、お父様にお互いの気持ちを伝えた。

すると、お父様は言った。

「シズハには、自分が望んだ相手と結ばれてほしいと思っている。しかしシズハは千天寺《せんてんじ》家の大事な娘。君はそんな大事な娘を預けるに値する男だろうか？　半端なことはしないと言ったが、学校にも行かず、目的もなくフラフラしている君は、充分に半端者だろう」

「今から……ちゃんとしますから」

「君がシズハを好きだという言葉が本物だと認められなければ、シズハとこれ以上一緒にいることも許可できない。いたずらにシズハの気持ちを弄《もてあそ》ばれては困るからな」

「どうしたら……俺の気持ちが本当だと認めてもらえますか……？」

ジョウの声は、悔しさで震えていた。

「そうだな……なら、何か一つ極めて天下を取りなさい……それができたら、君の想《おも》いは本物だと認めようか」

「お父様！　天下なんてお戯れを！　そんなことを言って、ただジョウとわたくしを引き離したいだけでしょう!?」

わたくしが声を荒らげると、お父様は低い声で返した。

「冗談ではない。一つの分野でも天下を取れぬような男が、千天寺家の娘と付き合う資格はないと言っている」

「お父様……わたくしは……！」

「いいよ、シズハ。俺は、やる」

「ジョウ……？」

「何でもいいんだな？　俺が何かで天下を取ったら……シズハと一緒にいてもいいんだな？」

念を押すように、ジョウはお父様に言った。

「あぁ何でもいい。勉強でも、スポーツでも、財力でも……腕力でも。天下を取るまでシズハと会うことは許さない。もしそれができないなら、シズハのことを忘れなさい」

「分かった……半端なことはしない。天下を取るまで、シズハには会わない」

「そんな……」

もう会えない気がして怖かった。ジョウが天下を取れるか不安だったのもあるが、その間にジョウの心がわたくしから離れてしまうんじゃないかと思って、怖かった。

最後の別れ際、わたくしはどうにかジョウと二人きりになって、ジョウに懇願した。

「わたくしを連れて行って。ジョウが来ない家にいたって、意味がない。わたくしと、駆け落ちして……」

縋《すが》りついて泣いているわたくしを、ジョウは強く抱きしめてくれた。でも……。

「俺を信じて待っていてくれよ。必ず……お前の父親に俺のこと認めさせてやっから。シズハが一番分かってんだろ？　俺は……舐《な》められんのが一番嫌いなんだよ……俺は負けねぇ……俺の闘志はゼッテェに消えねぇ……だから、待ってろ」

「ジョウ……」

そして、ジョウは天下を取れるものを探して、わたくしの下を去った。それ以来、本当に来てくれなくなったジョウがどうしているかを、わたくしは毎日心配していた。

そしてお父様たちには内緒で、仲の良いメイドにこっそり頼み、ジョウの行方を探してもらっていた。会えない時間が長くなるほど、わたくしはジョウに会いたくて堪《たま》らなくなった。

やがて外出中のメイドから、猫岡沢《ねこおかざわ》市内でジョウを発見したと連絡があり、わたくしは『六月の第一日曜にネコオカランドのドリームキャッスルの前で待っています』と伝言を頼んだ。メイドは、「必ず伝えます」と約束してくれた。

会って話をしたかった。

ジョウが元気な姿を見たかった。

まだわたくしを好きですかと聞きたかった。

ところがジョウに会ったというメイドとは、それきり会えなかった。他のメイドが言うには、故郷の母親が倒れ、急遽暇《きゆうきよ》をもらったとか……。

でも彼女ならきっとジョウに伝えてくれたと信じて、わたくしはネコオカランドに行った。

――しかし、ジョウは来なかった。

ジョウ、今あなたはどこで何をしているのですか？

わたくしはずっとずっと、あなたに会いたくて探しています。

第三章　パシられ陰キャが、目をつけられた件

六月になって衣替えがあり、生徒はみんなブレザーを脱いでワイシャツ姿になった。まだベストや薄手のカーディガンを着ている生徒もいるけれど、今日は窓を開けていても蒸し暑くて、何人かのクラスメイトが下敷きで扇《あお》いでいる。

そして教室には、三バカトリオと回ったネコオカランドの話をするヒロミの元気な声が響いていた。

「——で、草木の国のマンドラゴラ恐怖の館に行ったら、こいつら三人ちょービビっててさ！　マンドラゴラとおんなじ顔で叫んでんの！　マジでウケた!!」

「ビビってねーし!!」

「は？　顔、引きつらせてたくせに？」

「あれは、クソつまんねーって思ってる顔だ!!」

ヒロミが私に昨日の三バカトリオの様子を事細かに教えてくれていて、近くの椅子に座っているデンくんが吠《ほ》えている。さっきからずっとこんな調子だ。

「それから風の国のジェットスウィングに乗ろうとしたら、三バカトリオは漏らしそうな顔して『俺たちは乗らない……』とか、ひよってっからさー。ケツに火をつけるのが大変

だったよ……」

「風の国のジェットスウィングって、全国の絶叫マシンランキングでトップ一〇に入るやつだよね……？　ヒロミ、怖くなかったの？」

私が聞くと、ヒロミはケロッとした顔で言った。

「本当に空飛んでるみたいで楽しかったぞー」

それを聞いて、三バカトリオはオエッと言いそうな顔をした。

「飛んだのは俺らの魂だったよなー」とキュウくん。

「アレが楽しいと思う人間は、危険に対する意識が壊れてるんだな」とノンくん。

「あー……それより委員長たちはどうだったんだよ？　初デートなんだし、キスぐらいしたのか？」

「え？」

突然デンくんに話題を変えられ、私はたじろいだ。三バカトリオの近くにいるアキラくんをチラッと見るが、アキラくんは立ったままぼんやりした顔で窓の外を見ている。

昨日と違い、学校でみんなと一緒にいる時のアキラくんはマイペースな印象だ。自分からはあまり会話に交ざろうとしない。ただなんとなくそこにいるだけってことが多い。こういう時のアキラくんは、何考えているのかなーって私も思う。

「なんか進展したのか？」

「別に……臼井《うすい》くんと何かあっても、三バカトリオには報告しないから」

「あっれー？　昨日は『アキラくん♡』って呼んでたのに呼び方が戻ってますけどー？」

「が、学校では臼井くんでいいの！」

クラスメイトの前でアキラくんと呼ぶのは、私にはまだハードルが高かった。いかにも自分たちは付き合っていますって雰囲気が出るのも恥ずかしい。だからアキラくんにも、私のことを学校で呼ぶ時には『委員長』と呼んでほしいってお願いしてある。

「つまり？　二人きりの時だけ呼び方が変わるんですかー？　……なんかエロくね？」

「な……⁉」

デンくんの直接的な言葉に、カァッと体が熱くなる。思考がショートして、言葉を失った。何も言い返せない。

「おいデン！　シズカをからかうんじゃ……」

ヒロミが助け船を出そうとしてくれたその時、急にスゥッと場の温度が下がったように感じられた。怒鳴り途中だったヒロミも、私も、三バカトリオも、固まったまま一人の人物を見る。

静かに立っているアキラくんから、凍《い》てつくような冷気が漂っていた。その拳《こぶし》は、固く握られている。

デンくんは無表情で冷たく自分を見下ろしているアキラくんと目が合ったようで、

「ヒッ」と短い悲鳴を上げた。

「……何か言い残すことはある？」

「……謹んでお詫《わ》び申し上げるとともに、あと七十年は生きたいんで、何卒《なにとぞ》ご容赦ください……」

「なら、節度をわきまえた言動を心掛けたほうがいいと思う」

「気をつけます……」

会話なんて聞いていないかと思えば、あっという間にデンくんを黙らせてしまったアキラくん。ちゃんと守ってくれるのが嬉《うれ》しくて、胸の辺りがくすぐったくなった。

急に大人しくなってしまったデンくんを指差して、ヒロミが大声で笑う。キュウくんとノンくんは、やれやれって顔をしながらスマホを弄《いじ》り出《だ》した。

ちょうどその時私のスマホが震え、私もスマホを確認する。すると、シズハさんからのメッセージが来ていた。

【今週の土曜日、シズカさんのお宅にお邪魔することはできませんか？】

「ん？　友達？」

私のスマホをヒロミが覗《のぞ》き込《こ》んだ。

「うん。昨日、ネコオカランドでいろいろあって知り合った人なんだけど……」

「いろいろって、何かあったのか？」

私は簡単に昨日の逃走劇をヒロミに説明した。

すると、ヒロミはげんなりした顔で言う。

「そんな迷惑な目に遭って、よくその元凶となった人と友達になろうと思ったな……」

「だ、だって、お詫《わ》びはちゃんとしてもらったし、きっと勇気を出して言ってくれたと思うから、その気持ちを無下にはできないよ」

「まーシズカがそういう奴《やつ》だっていうのは知ってるけど……あたしだって、シズカと遊びたいんだけどなー。せっかくここ最近、臼井《うすい》との時間を邪魔しないように気を遣ってやってたのに、シズカと二人でネコオカランド回りたい気持ち我慢してたのに、今度は他の女を家に招くのかー。ふーん？」

ヒロミはちょっと不貞腐《ふてくさ》れていた。

「ご、ごめん！　また別の日にヒロミとの時間も作るから！　ね？」

「ん。約束だからな」

上目遣いに私を睨《にら》むヒロミがちょっと可愛《かわい》くて、私はヒロミの金色の髪をよしよしと撫《な》でてあげた。

シズハさんと何度かメッセージのやり取りをし、土曜日の午後一時に私の家に来ることに決まって、家の住所も送った。家に招くぐらい親しい友達がヒロミしかいない私にとって、出会ったばかりの友達が家に来てくれるなんてすごい展開だ。

そして、約束の土曜日が来た。

お母さんには一応、千天寺《せんてんじ》家のお嬢様が遊びに来ると話しておいた。もう部屋の掃除も心の準備も万端で迎えた約束の日だったが……立派な黒塗りの外車で登場したシズハさんを見て、お母さんはガチガチに固まっていた。

「千天寺シズハと申します。こちら、気持ちばかりですが……」

シズハさんはニコニコしながら、有名な高級チョコレート専門店の包みをお母さんに渡し、私に花かごをくれた。

「これはこれはどうも、本当に、お気遣いありがとうございます……狭い家ですが、ゆっくりしていってください」

お母さんはかなり緊張気味に微笑《ほほえ》んで、シズハさんを歓迎した。

「可愛らしいお家《うち》で素敵ですわ。お言葉に甘えさせて、ゆっくりさせていただきます」

今日も護衛の胡桃《くるみ》さんが一緒だったが、「私は車におりますので」と言って車に戻った。

家に上がるのはシズハさんだけと分かってちょっとホッとしつつ、私はシズハさんを自分の部屋に案内する。シズハさんは私の部屋に着くと、くりっとした目をキョロキョロさせて、私の狭い部屋を観察していた。

私はシズハさんから頂いた花かごをテーブルの上に飾り、花のそばに添えられた白いトラの編みぐるみを見て言う。

「素敵な花かごをありがとうございます。この編みぐるみ、かわいいですね」

白い毛糸で編まれたトラには、赤い毛糸で縞模様《しまもよう》が入っている。目には、キラッと光る赤いビーズが使われていた。これはたぶん、高級なスワロフスキービーズだ。

「このトラは、わたくしの手作りなのです」

シズハさんがニコッと笑って言った。

「え！　そうなんですか！　上手ですね！　私も手芸が好きでよくやるんですが、編みぐるみをこんなに上手に作れたことないです……」

「まぁ！　シズカさんも手芸が好きなのですか？　何か見せてくださらない？」

「本当にあまり上手じゃないんですが……編みぐるみじゃなくてもいいですか？」

「はい。何でもいいですよ！」

私は、勉強机に飾っていたマスコットをシズハさんに見せた。羊毛にプスプスと専用の針を刺して固めて形を作っていく、フェルティングニードルという手法で作ったものだ。

「あら！　可愛《かわい》らしいスズメですね。とってもお上手ではないですか！」

「ありがとうございます」

猫なんだけどなぁ……と思いつつ、私は笑ってお礼を言った。

放課後に友達と遊ぶ習慣がなかった私の趣味は、手芸工作だった。しかし、好きでよくやるものが上達するとは限らない。なんとも微妙な出来栄えのものしか作れないのだ。ちょっと手先が器用な人が初めて作ったもののほうが、たぶんずっと上手だと思う。

「私も編みぐるみを上手に作れるようになりたいです……。シズハさんは、どうやって作り方を覚えたんですか?」

「わたくしは、胡桃《くるみ》に教わったのです」

「胡桃さんに?」

「はい。胡桃は、何でもできるんですよ。お料理もお菓子作りも、お裁縫も手芸も。……胡桃は、心が女性なのです。可愛《かわい》いものが大好きなんですよ」

「あ……それで、口調も柔らかくて丁寧な感じだったんですね」

「ええ。わたくしより作法にうるさく困る時もありますが、姉のような存在です」

そう言って微笑《ほほえ》むシズハさんは、温かな目をしていた。きっと、心から胡桃さんを慕っているのだろう。そこには、お嬢様とその護衛という関係を超えた絆《きずな》があるように感じられて、私も温かい気持ちになった。

「胡桃はいつも乱暴なわけではないので、先日の件は許してくださいね。胡桃がああなってしまったのは、普段からちゃんと言うことを聞かないわたくしが悪いのです……」

シズハさんは「ごめんなさい」と言い、丁寧に頭を下げる。私は「もう謝っていただかなくて大丈夫ですよ」と言って笑い、心に浮かんだ疑問をふと口にした。

「でも、そんなに仲がいいなら、一緒にネコオカランドを楽しんだら良かったんじゃないですか？」

　何気なく発した言葉だった。が、シズハさんの表情が変わった。

先程までの朗らかな雰囲気が消え、緊張した面持ちになる。

私は聞かれたくないことを聞いてしまったと思い、謝ろうとした。でも、私が謝るより早く、シズハさんが静かな声で言った。

「実は……胡桃に隠れて、人に会おうとしていました。大好きな人に、会いたくて……」

「え？」

「駆け落ちをしようとしていると思った胡桃の勘は、大ハズレでもなかったのです」

……そしてシズハさんは、教えてくれた。

　小学二年生の時、突然お屋敷の庭に入ってきた男の子のこと。シズハさんはその男の子のことを好きになり、彼もまたシズハさんを好きになったこと。シズハさんが中等部に上がる前、父親が二人の想《おも》いに気づき、『何か一つ極めて天下を取りなさい。天下を取るまでシズハと会うことは許さない。できないなら、シズハのことを忘れなさい』と彼に言ったこと。それ以来……彼とは一度も会っていないことを……。

「――この四年、彼がどこで何をしているのか分かりません。でも先日、仲の良いメイドが猫岡沢《ねこおかざわ》市内の出先で彼を発見したと電話をくれて、わたくしは伝言をお願いしました。……六月の第一日曜日、ネコオカランドのドリームキャッスルの前で待つ……と」

「それで……その人は……？」

シズハさんは黙って静かに首を横に振った。

「来ませんでした。実はそのメイド、伝言を頼んだ日に急用で辞めてしまって、本当に伝言ができたのか確認できていなかったのです」

「急用……ですか？」

「はい。お母さんが倒れたとかで、荷物をまとめて急いで故郷に帰ってしまったと、他のメイドから聞きました。もう、わたくしと話す時間もなかったようでして……」

「そうだったんですね……」

「それでも伝言できた可能性に懸けて、私はネコオカランドで待ってみました。でも、結果はシズカさんもご存じの通りです」

そこでシズハさんはやや目を伏せ、言いにくそうに話し出した。

「メイドが辞めたのがあまりに急だったので、ちょっと引っかかっているんです。もしかしたら……何らかの事情で伝言ができず、しかし、わたくしが浮かれていたので正直に言えなくて、責任を感じて嘘《うそ》をついて辞めてしまったのかもしれないと思っていて……」

伝言を聞いたが、彼は行かない選択をしたのか。メイドが伝言できなかったのか。伝言できていないとしたら、その理由は何だったのか。故郷のお母さんが倒れたという話は本当なのか。何が真実か、今の私たちには分からない……。

「仲の良かったメイドと連絡が取れない今、もう彼を探す手立てがわたくしにはありません。そこで……シズカさんにお願いがあるのです」

「お願い……？」

私が聞き返すと、シズハさんは力強く頷《うなず》いた。

「父にはバレないように、彼の居場所が知りたいのです。シズカさん、協力してくれませんか？」

「え？」

「会って話がしたいのです。今でも好きでいてくれているのか、聞きたいです。彼が父との約束通り何かを極めて天下を取ろうとしてくれているのなら、わたくしもその手助けがしたい……わたくしはただ、彼が目標を達成してわたくしを迎えに来てくれるのを待つだけではイヤなのです」

「胡桃《くるみ》さんには、協力を頼めないんですか？」

「胡桃がわたくしの護衛になったのはここ二年のことなので、彼のことを胡桃は知りません。胡桃を雇っているのは父で、胡桃はわたくしの行動を父に報告する義務があります。胡桃は父に忠実なので、胡桃にバレたら父にもバレてしまうでしょう。そうでなくても胡桃は厳格なので、わたくしが年頃の男性と個人的に会うだけで、とても怒ると思います」

シズハさんの言葉に、先日ネコオカランドで私とアキラくんを追いかけた胡桃《くるみ》さんのすごい剣幕《けんまく》を思い出した。胡桃さんは胡桃さんで、シズハさんのことを大事に想《おも》っているのだろうけど、立場上無視できないこともあるのかもしれない。胡桃さんはシズハさんの交際に関してすごく厳しそうだし、応援してもらうことは望めなそうだ。

「……シズハさん。その、シズハさんの大好きな人は、なんて名前なんですか？」

「鬼瓦《おにがわら》ジョウといいます」

「鬼瓦ジョウ……」

うっかり知り合いにいたり、どこかで聞いた名前だったりしないかなと思ったが、全然聞いたことのない名前だった。

「ジョウを目撃したメイドが電話で言っていたのですが、ジョウは四年前と変わらず、ヤンキーのような風貌だそうです。銀色の髪に、燃えるように赤い前髪」

そう言いながら、シズハさんはテーブルに置かれた花かごの白いトラを指先で撫《な》でた。このトラは、大好きな人をモチーフにして作ったのかもしれない。

――もし私がシズハさんの立場だったら、私はアキラくんを黙って待っていられるかな。私も……せめてアキラくんの手助けがしたいって思う気がする……。

彼の言葉が信じられないのかと問われると、何も言えなくなってしまうだろう。でも、彼が自分のために夢を叶《かな》えるのを待っているだけなんて、酷だ。

何もできず、待っているのは辛《つら》い。

……ふと、アキラくんが黒松《くろまつ》と命懸けで戦っているのを、見ていることしかできなかったことを思い出した。自分には何もできることがないと思った時の、苦しい気持ちも。

私は意を決してシズハさんに言った。

「私じゃ、どこにいるか分からない人を探すのは難しいように思えます。でも、どうしたら彼を見つけられるか、一緒に考えたいです。今は、そのくらいしか協力できないんですけど……それでも、いいですか？」

私の言葉を聞いて、シズハさんが何度も何度も頷《うなず》いた。

「はい……！　それだけでも充分嬉《うれ》しいです！　ありがとうございます！」

まだ一緒に考えるくらいしかできないのに、シズハさんは嬉しそうにお礼を言った。それだけ、シズハさんは長い間一人で悩んでいたんだろう。

——力になってあげたい。

そう考えた時、アキラくんやヒロミの顔が真っ先に浮かんだ。きっとこういうのは、できるだけいろんな人の知恵を借りたほうがいいはずだ。

「シズハさん、このことを私の……恋人や友達に相談してもいいですか？　ちゃんと、秘密にしてもらえるようにお願いするので」

「はい、大丈夫です。ぜひ、お力を貸していただきたいです」

それから私とシズハさんは、お互いのことをお喋《しゃべ》りした。シズハさんは私とアキラくんが付き合うようになった経緯に興味津々で、アキラくんに助けてもらった話をすると、目を輝かせながら聞いてくれた。私もシズハさんとジョウという人の思い出話を聞くのが楽しくて、二人で話していたらあっという間に夕方四時頃になってしまった。——もうシズハさんが帰宅する時間だ。

私がシズハさんを家の前まで見送りに行くと、胡桃《くるみ》さんが車から降りて挨拶してくれた。

「シズカさん……今日は、お嬢様と遊んでいただきありがとうございました。よろしければ、また遊んであげてくださいね」

「はい、もちろんです！」

私が返事をすると、胡桃さんは静かにお辞儀をした。私も慌てて頭を下げる。

その後シズハさんは胡桃さんと一緒に車に乗り、帰っていった。運転していたのは、別の黒服の男性だった。

——そういえば……胡桃さんって、目が悪いんだっけ？

私とシズハさんを見間違えたし、パッと見ただけじゃ犬と猫の判別がつかないと聞いた。車の運転もできないのかもしれない。それでも手芸が得意なんて……よほど手先が器用な人なのだろう。いや、手芸の時くらいはメガネをかけているのかな。

私なんて、裸眼でよく見えていても上手《うま》くできないしなぁ……と思いながら部屋に戻る。

部屋に置かれた花かごをよく見ると、ネコオカランドで見たネコフィラが混じっているのに気づいた。あれから自分で調べたのだけど、ネコフィラの花言葉は『願いを叶《かな》える』というらしい。

シズハさんの願いも、叶うだろうか。

私はせっかくできた新しい友達の力になれるだろうか。

小さな青い花に指で触れながら、私は自分にできることを考えていた。

次の週の月曜日。帰りのホームルームで、担任の矢口《やぐち》先生がいつも通りのんびりした声で「えー大事な話があります」と切り出した。

「……実はここ最近、猫岡沢《ねこおかざわ》市内でヤンキーっぽい生徒が襲撃される事件が相次いでいます。先生たちも見回りをしますが、登下校中、休みの日の外出中は特に気をつけてください。それでですね――」

大事な話がありますという出だしに身構えたが、被害に遭っているのがヤンキーっぽい人だけという話の続きを聞いて、クラスメイトの顔から一気に関心がなくなっていく。普通の学生の被害はゼロだそうだから、自分たちには関係のない話だと思っただろう。

先生が注意を促したいヤンキーっぽい人というのは、うちのクラスには三バカトリオくらいしかいない。

しかし、デンくんは鼻の穴に指を突っ込んでいるし、キュウくんは堂々と漫画を読んでいる。ノンくんに至っては、座ったままの姿勢で寝ていた。

「……犯人は自らを『鬼だ』と言い、背中に鬼の刺繍《ししゅう》の入ったスカジャンを着ているそうです。そういう鬼っぽい人を見たら、近寄らず、学校に連絡してください。それでは今日はこれで終わりです。日直さん、号令をー」

日直の号令で、帰りの挨拶を済ませる。部活動に行く生徒が、勢いよく教室を飛び出した。友達同士で放課後に遊ぶ計画を立てる声で教室が賑《にぎ》やかになる中、私はそろそろとアキラくんの席に向かった。

「臼井《うすい》くん、今日一緒に勉強する？」

「うん……いいよ」

——やったぁ！

二人で勉強会ができると思ってウキウキしていると、突然矢口《やぐち》先生がアキラくんに呼びかけた。

「あ、臼井ー。美化委員で裏の倉庫の掃除やるのが今日になったって。ジャージに着替えてから、裏の倉庫に行ってくださーい」

「あ、はい……」

先生に返事をして、アキラくんがゆっくりと私を振り向く。

「ごめん……委員会の仕事が入っちゃった」

「ううん、大丈夫！　気にしないで！　あ、でも、もしよかったら……終わるまで待っていてもいい？　一緒に帰れたら嬉《うれ》しいな」

「うーん……去年もやったんだけど、裏の倉庫の掃除って結構時間がかかるから、ずっと待っててもらうのも悪いし……」

アキラくんが悩むように少し目を伏せた時、私の背中に誰かが飛びついてきた。

「シーズカ！　臼井が委員会なら、たまにはあたしと寄り道しながら帰ろうぜー」

「ヒロミ！　ちょっと、ビックリしたんだけど……」

「ごめんごめん」とヒロミが笑い、それから臼井くんにニヤニヤと話しかけた。

「なぁ、臼井。たーまーにーはーシズカを貸してくれてもいいよなぁ？」

「……うん……じゃあ、俺は委員会行くから。また明日」

「あ、うん！　また明日ね」

ヒロミはちょっとトゲのある言い方をしたが、アキラくんが気を悪くした様子はない。

私に挨拶すると教室のロッカーからジャージを取り、そのまま教室を出ていく。

アキラくんの姿が見えなくなると、ヒロミはニコニコして私に言った。

「シズカ！　アイス食いに行こう！　アイス！」

学校帰り、私とヒロミはトゥエンティトゥアイスクリームというお店に向かった。そのお店は、学校から駅に向かうのとは逆方向にしばらく歩いたところにある。二十二種類の肉球型アイスクリームが楽しめることで有名で、夏になると寄鳥《よりどり》高校の生徒で賑《にぎ》わう。私も一年生の時に、ヒロミと一緒に何度か来たことがあった。

六月になって暑い日が増えてきたこともあり、店内には同じ制服の学生がちらほらと見える。

「シズカは何にする？」

「私は、ホッピングキャット味」

「シズカそれ好きだよなー。あたしはクロネコナイト味だな」

「ヒロミもそればっかり食べるよね」

ホッピングキャット味はソーダ味で、食べると口の中でパチパチと飴《あめ》が弾《はじ》ける、食感の面白いアイスだ。そしてヒロミの好きなクロネコナイト味は、ブラックチョコレート味のアイス。私からすれば苦いくらいだけど、ヒロミはこの苦さが堪《たま》らないらしい。

「そんで？　例の友達はどうだったんだ？」

ヒロミが土曜日にうちに来たシズハさんのことを聞いているとすぐに分かり、私はドキッとした。ヒロミに、シズハさんのことを相談するチャンスだ。

「うん……実は、ヒロミにも話そうと思っていたんだけどね……」

店内でアイスクリームを食べながら、土曜日のことをヒロミに話す。そして、シズハさんの想《おも》い人《びと》である鬼瓦《おにがわら》ジョウという人を探す手伝いをしようとしていることを話した。

私が話すのを、ヒロミは黙って頷《うなず》きながら聞いていた。

でも、「どうやったらその人を探せるのか、私にもまだ分からなくて……ヤンキーの溜《た》まり場《ば》で聞き込み調査でもすればいいのかなって考えていたんだけど……」と言うと、ヒロミが大きな溜め息をついた。

「いやいや止《や》めとけ止めとけ。余計面倒ごとに巻き込まれるだけだ。シズカがそんなところに行くのには反対。ついでに臼井《うすい》だって許さないと思うけど？」

「うん……アキラくんにもそんなことを言われました」

今日の昼休み、私はアキラくんに同じことを相談していた。するとアキラくんに、『いくら友達が自分で動けないからって、シズカがそんなところに行くのは反対だ。絶対に余計なトラブルに巻き込まれるよ』と厳しく言われた。

アキラくんが一緒に行ってくれないかなとも思ったけど、それではアキラくんも一緒にトラブルに巻き込むだけだと気づいて言うのをやめた。私自身トラブルに巻き込まれやすい自覚があるのに、自ら ヤンキーの溜《た》まり場《ば》に行くのは確かに危険かもしれない。

「三バカトリオに、そいつの名前に聞き覚えがあるか聞いてみたらどうだ？　同じ市内のヤンキーなら、三バカトリオが知ってる可能性もあると思うけど」

「実はもう聞いてみたんだけど、知らないって言われた。ついでに、そんな目立つ髪色のヤンキーも見たことないって」

「ならそもそも、ここら辺が縄張りのヤンキーじゃないんだろうな。流浪のヤンキーならなおさら、名前が分かってるくらいじゃ探せないぞ」

やはり無理なのだろうか。仮にメイドさんの目撃情報どおりまだ市内にいるとしても、私の行動範囲は狭いし、そんなに顔が広いわけじゃないから見つけるのは難しいだろう。県外に移動していたらお手上げだ。

「あとね……ちょっと気になることがあるんだよね」

残り少なくなってきたアイスをカップの中でかき混ぜながら言うと、ヒロミが黒いアイスをパクッと口に含んで聞いた。

「気になること？」

「うん。そのメイドさんが目撃した時、その人は今でもヤンキーみたいだったって言うじゃない？　シズハさんのために何かを極めて天下を取るって夢を叶《かな》えようとしているなら、今でもヤンキーっぽいままでいるなんてこと、あるのかな……？」

天下を取るってことは、日本で一番になるってことだろう。たとえば学力で全国一位を目指すなら、ヤンキーを辞めて心を入れ替え、真面目に勉強を頑張るはずだ。何か一芸で日本一を目指すにしたって、ヤンキースタイルのまま修業するだろうか。

シズハさんのお父さんは、何よりまず、ヤンキーであることを辞めさせたかったんじゃないかと思う。だから彼がシズハさんを想《おも》って頑張るなら、ヤンキーのままであるはずがないと思うのだけど……。

「天下を取るのは諦めて、グレてるんじゃないのか？」

ヒロミの意見に、ウッと胸が痛くなった。

「そう……だよね。ヤンキーのままだとしたら、真面目に夢を叶えようと頑張っているようには思えないよね。でも、シズハさんはまだ信じているんだよ。だから一度だけでも、ちゃんと会ってお互いの気持ちを話せたらいいんじゃないかって思うんだけど……」

「そしてシズカはまたおかしなトラブルに巻き込まれていくのでした。チャンチャン」

今度は耳が痛いことを言われてしまった。

私はまた、余計なことをしているのだろうか。

確かに、私には役に立てることがあまりなさそうだ。でも……一人で悩んでいるシズハさんをほっとけない。

「危ないことはしないように気をつける。そもそも私には何もできないのかもしれないけど、もう少しだけ、自分にできることを考えてみるよ」

最後の一口をスプーンで掬《すく》いあげ、はむっと食べる。アイスに含まれた飴《あめ》が口の中でパチパチ弾《はじ》ける音がして、耳の奥がチリチリした。


アイスを食べ終えた私たちは、駅に向かって歩いていた。そして、前方にデンくんが一人で歩いているのを見つけた。

「珍しいな。とうとうキュウとノンに嫌われたか?」

ヒロミはデンくんに声をかけて、ニヤニヤと笑う。

「んなわけあるか！　ノンがケーキバイキング行きたいとか言いやがって、キュウがついていってんだよ」

デンくんはヒロミを見て、すごく面倒くさそうに答えた。

「お前も行けよ」

「俺は甘いもん苦手なんだよ」

「苦手でも食えよ。食べ物粗末にすんな」

「粗末にしねーように、最初から行かないって選択肢を取ってんだよ！」

ヒロミとデンくんが言い合う姿を見て、私は思わず笑ってしまう。

この二人はいつも喧嘩《けんか》ばかりしているけど、息はぴったり合っていると思う。まるでケンカップルだ。でも『喧嘩するほど仲がいいっていうよね』なんて言ったら、二人から同時に咬《か》みつかれそうだからやめておこう。

「あたしたちと同じ道歩くなよ」

「後から来たのはテメーらだろうが」

呼吸をするように憎まれ口をたたき合うヒロミとデンくん。そんな二人の後ろを笑いながらついて歩いていると、突然、二人の足が止まった。

駅に向かう道の途中、線路下の小さなトンネルに差し掛かったところ。前方の暗がりに、誰かがいた。

「よぉヤンキー共……ちょっと面貸せよ」

フードを目元まで深く被《かぶ》っているスカジャンの男が、ミリタリーブーツを踏み鳴らしながらこちらに向かって悠然と歩いてきた。

身長はアキラくんと同じくらいだろうか。周囲の空気をピリつかせるような異様な気配をまとっていて、近づいてくるだけで背筋がぞわっとした。

この不気味な圧力はなんなのだろうか。すごく嫌な予感がする……。

「……お前は誰だ？」

デンくんが問う。すると、男はニヤッと笑って答えた。

「俺は、鬼だ」

帰りのホームルームで矢口《やぐち》先生が言っていたことを思い出す。

ヒロミとデンくんの顔色がサッと変わった。

「俺はヤンキー界のてっぺんを獲《と》る男……俺が最強のヤンキーだって証明するために、全国各地各都市で百人ずつヤンキーをぶっ潰《つぶ》してるところだ」

私は不安になってヒロミのそばに行き、手をぎゅっと握った。

「この人……帰りのホームルームで先生が言っていた、襲撃事件の……?」

「あーうちのクラスでも言ってたわ」

ヒロミは空いているほうの手で、ガリガリと頭を掻《か》いた。金色の髪が無造作に乱れる。

「生憎《あいにく》だが、あたしはお前の証明材料になんかなる気はない。他を当たってくれ」

ヒロミがそう言うと、鬼の男がくくくと笑った。

「それを決めるのはお前じゃねぇ……俺が見つけたヤンキーは、百人に到達するまで全員狩る。そして最後に、その地域で一番強いヤンキーを倒して、俺が喧嘩《けんか》で最強なんだって全員に分からせてやんだよ……そこに女も子どもも関係ねぇ!! お前もヤンキーになったからにはいつでも喧嘩する覚悟くらいあんだろ!?」

鬼の男は引く様子がない。

ヒロミはチッと舌打ちして鬼の男に向かって言った。

「こっちの子はヤンキーじゃない。ってことは、用があるのはあたしとこいつ……ってことでいいな？」

こっちの子と言いながら私を指差し、こいつと言いながらデンくんを指差すヒロミ。

すると、鬼の男はフードの陰からじっと私のことを見た。

「あぁ……そっちの奴《やつ》からはヤンキーの匂いがしねぇからな……。俺はヤンキー以外を相手にするつもりはねぇ」

見られただけで、足が竦《すく》みそうになった。

この人はヤバイ。危険だ。関わっちゃいけない。

全身の神経が警告を出す。

心臓がドキドキしてきて、指先が冷たくなるのを感じた。

「全国各地でヤンキー狩りとは、大した趣味だな……」

ところがデンくんは、私と違って緊張している様子じゃなかった。緊迫感のない顔で、怠《だる》そうにスマホを弄《いじ》っている。

「おい……スマホ弄って何やってんだ、お前」

「明日の天気を確認してんだよ。気が散るから話しかけんな」

「ハッ！　そんなの心配すんな！　明日が晴れだろうと雨だろうと、お前は家から出られなくなっているだろうからなっ！」

「チッ。めんどくせーな……」

デンくんが舌打ちをした。

張り詰めた空気の中、私はヒロミの表情を窺《うかが》った。

するとヒロミが私の手をそっと外し、後ろに下がらせるように私を軽く押した。

「シズカは下がってな」

「……まさか、喧嘩《けんか》するの？」

「ほんと参ったよな……あたし、こういう奴と喧嘩するためにヤンキーやってるわけじゃないんだけど……」

ヒロミが鋭く鬼の男を睨《にら》みつける。いつも私の前で楽しく笑っている親友からは想像もできないような、闘気を感じた。

――ヒロミも、ヤンキーなんだ……。

武力でしか解決できない問題があるなら、ヒロミは迷わず武力を行使する。怪我《けが》したらどうしようとか、殴られたら痛いんじゃないかとか、ヒロミは考えないんだ。

私が不安げにヒロミの後姿を見ていると、デンくんが長い溜《た》め息《いき》をついた。

「バーカ。オメーも下がってろ」

「は？」

『下がってろ』と言われて眉間にシワを寄せるヒロミ。だがデンくんはそんなヒロミに構わず、スマホを鞄《かばん》にしまうと私に向かって投げた。

突然飛んで来たデンくんの鞄を、慌ててキャッチする。

「俺が相手だ。最強になりたいだかなんだか知らねぇが、女や子どもにまで喧嘩《けんか》売るんじゃねぇよ。雑魚が」

デンくんはヒロミの前に出た。ヒロミを、背中に庇《かば》うように。

「手ぇ出すんじゃねーぞ？　この喧嘩、俺が買う」

「……かっこつけやがって」

ヒロミがムスッとして、トンネルから離れるように後退《あとずさ》る。

「シズカ、もうちょい下がるぞ」

「あ、うん……」

ヒロミに言われるままに、移動する。デンくんと鬼の男から数メートル離れたところでヒロミは足を止め、そこからじっとデンくんを見た。

「シズカは無理して見ることないよ。なんなら、先に帰ってくれてもいいし……」

「一緒にいる」

デンくんの鞄を抱きしめたまま、私もヒロミの横に立つ。

鬼の男とデンくんが、薄暗いトンネルの中で対峙《たいじ》する。

一人で立ち向かう決意をしたデンくんを、鬼の男が笑った。

「ふん……なら俺を倒してみろ！　奇《く》しくもお前が俺を倒せたら、そこのヤンキー女は見逃してやらぁ。だが、お前が倒れた時は、そこのヤンキー女もボコボコにしてやる……」

「チッ。血の気の多い野郎だなぁ！」

鬼の男がデンくんに迫るとほぼ同時に、デンくんも鬼の男に向かって駆け出した。

――速い！

デンくんが拳《こぶし》を振るうより速く、鬼の男の蹴りがデンくんに迫る。重そうなミリタリーブーツを腕でガードするデンくん。離れたところにいる私にも、鈍くて痛そうな音が聞こえた。

デンくんの拳が男の横面を殴るが、鬼の男は動じない。すぐにデンくんを殴り返して、よろめいたデンくんを蹴り飛ばした。

「なんだ見掛け倒しじゃねぇか！　全然効いてねぇぞ！　ヤンキー歴一日の新米か⁉　笑っちまうなぁ！」

「うっせーな！　まだ始まったばかりだろうが！」

「もしかしてダメージ蓄積率九十九パーセントにならないと本領発揮できないのか？　なら、俺が手伝ってやるよ‼」

笑いながらデンくんを殴りつける鬼の男。そのスカジャンの背中で、凶悪な鬼の刺繍《ししゅう》も笑っているように見えた。

デンくんは劣勢だ。このままだと、大怪我《おおけが》をしてしまうかもしれない。

私はだんだん怖くなってきた。

先生は、見かけたら学校に連絡してくださいと言っていた。連絡したら、学校から警察に連絡がいくんだろうか。いや、それじゃあ遅い。今すぐ自分で警察に連絡してもいいはずだ。

「シズカ」

ヒロミに名前を呼ばれてハッとした。

徐々にダメージを受けるデンくんを、ヒロミは固い表情で見守っている。

「余計なことはしなくていいから。あいつがダメなら、あたしもやるだけだ」

「ヒロミ……」

ヒロミは瞬《まばた》きもせずデンくんを見つめる。しかし何を見ても表情を変えない。

自分に手出しをさせないように鬼の男に立ち向かったデンくんを、どんな気持ちで見ているんだろうか。

もし、デンくんが負けてヒロミが戦うことになったら……私はヒロミが傷つけられるのも、黙って見ていなければならないんだろうか。

——そんなの、絶対にイヤ《や》だよ……。

今すぐ二人の戦いを止めさせられる方法があればいいのに。

今すぐ鬼の男を撃退する方法があればいいのに。

ヤンキーになったらいつでも喧嘩《けんか》する覚悟があるってことだと決めつけたあいつを、一瞬で黙らせる力が私にあれば良かったのに。

なんで私は、こういう時に何もできないんだろう。

悔しくて下唇を噛《か》むと、少し鉄の味がした。

「おい！　ヤンキー女！　助太刀しなくていいのか!?」

デンくんを殴りながら、鬼の男がヒロミに言った。

「……男の喧嘩に横槍《よこやり》入れるような野暮《やぼ》な真似《まね》はしねぇよ」

「はっ！　じゃあこいつが潰《つぶ》れるまでそこで待ってな！」

「──よそ見してんじゃねーぞ!!」

デンくんが鬼の男の腹部に勢いよく拳《こぶし》をぶつける。鬼の男は一瞬身を屈《かが》めた。

しかし──。

「まぁ、お前はその程度だろうな」

「何……!?」

鬼の男が笑いながらデンくんに襲い掛かる。

「おらおらどうした!?　女を庇《かば》って格好つけようとしたわりには、格好良さの欠片《かけら》もないザマじゃねぇか!!　そんな無様な姿見せられちまったら、百年の恋も冷めちまうぞ！

もっと気合入れろや!! 最後まで闘志燃やして燃え尽きろよ!! そんな中途半端な火力じゃ、灰にもなれねぇぞ!!」

そこからは、ほとんど一方的だった。デンくんは何とか防御するだけ。もう相手に攻撃を一切入れることができず、見る見るうちに怪我《けが》が増えていく。

痛い。

見ているだけで、デンくんが殴られた痛みが伝わってくる。

もう止めたほうがいいんじゃないか。

ヒロミに何度もそう言いそうになった。しかしそれは、ヒロミの戦いの始まりを意味するから、私には言えない。

ヒロミもまだ何も言わない。

さっきよりずっと険しい表情で、殴られているデンくんを見ている。

「人のこと雑魚呼ばわりしたのはどこのどいつだ? 図体《ずうたい》と口はデカいようだが、それだけか? 人のやり方に文句言うなら、まずは俺を黙らすぐらい拳《こぶし》を鍛えて来いよ! 弱いくせに偉そうなこと言えると思うなよ? 強くなければ、自分の道を貫くことはできねぇんだぜ!!」

——鬼の男の重い一撃を受けてデンくんが地面に膝《ひざ》をついた時、ヒロミがようやく鬼の男に叫んだ。

「もういい！　デンは終わりだ！　あたしが相手になる！」

私はハッとして横に立っている親友を見た。

デンくんは負け。ここまで戦いを見守り、ヒロミはそう判断したのだ。

「バカ言うんじゃねー……俺はまだ終わってねーぞ……」

フラフラしながらデンくんが立ち上がった。

「アホ！　死ぬ気か！」

ヒロミが低い声でデンくんに怒鳴った。

でも、デンくんはヒロミの言葉を聞かない。よろよろしながら鬼の男に立ち向かう。

「ほら、もう次が控えてるんだぞ。てめぇの番は終わりだ」

鬼の男がガツンとデンくんを殴り、地面に叩《たた》きつける。が、デンくんは地面に転がったまま鬼の男のミリタリーブーツの足首を掴《つか》んだ。

鬼の男はデンくんに向かって唾を吐く。

「もうお前の番は終わりって言ってんだろうが」

「あぁそうだな。俺の番は終わりだ。だから戦闘鬼野郎……最後にいいことを教えてやるよ……」

「あん？」

「これからここに、ここらで誰よりも喧嘩《けんか》が強い男が来るぜ。『臼井《うすい》アキラ』っつう名前の男なんだけどよぉ」

鬼の男の顔色が変わる。私の心臓もドキッとした。

いつ呼んだんだろう。そう考えた時、鬼の男と会話中にスマホを弄《いじ》っていたデンくんの姿を思い出す。――あの時デンくんは、悠長に天気予報を見ていたんじゃない。連絡していたんだ。

「臼井《うすい》アキラだと……？　お前、そいつの舎弟か？」

デンくんは血だらけの顔で、ニッと笑った。

「舎弟じゃねーよ。あいつは陰キャだ。だが、お前が倒すどんなヤンキーより強いぜ。テメーはヤンキー界のてっぺんを獲《と》る前にそいつに負けるだろうよ」

「陰キャ？　……ふざけんな。俺が陰キャに喧嘩《けんか》で負けるわけねぇだろ……」

鬼の男がイライラした様子で、足をダンッと地面に打ち付ける。デンくんの手を振り払おうとしたようだが、デンくんは手を放さない。

「なら、自分の目で……拳《こぶし》で確かめてみるんだな」

その言葉を聞いて、鬼の男が眉根を寄せた。

直後――突然、私たちの横を誰かが駆け抜けた。

風を切るように走り、鬼の男に迫る。そして、フードを被《かぶ》った鬼の男の顔を、横から勢いよく拳で殴りつけようとした。

――ガッ!!

急に飛んで来た拳を、鬼の男が反射的に腕でガードする。

が、防ぎきれない。――その衝撃で数メートル後ろに下がった。

「くっ――!?」

鬼の男は殴られた腕をぶらぶらと軽く振りながら、殴ってきた相手を睨《にら》む。

――拳を握り、静かな表情のままデンくんの前方に立ったのは、アキラくんだった。

走ってきて、そのまま鬼の男を殴ったとは思えないほど呼吸が落ち着いている。でも、いつもなら眠そうでぼんやりしている目が、鋭い光を帯びているように見えた。

「よぉヒーロー……遅いじゃねーか」

地面に転がったままデンくんが笑う。

アキラくんは鬼の男から目を逸《そ》らさずに応じた。

「委員会が終わって帰ろうとしていたら、シズカがピンチだって言うから急いで来たんだけど……どう見てもピンチなのはデンくんだよね？」

「俺がピンチだって言うより、三倍速く来ると思ったからよ」

「…………それで、あいつは誰？」

「今日、先公が言ってただろ？　噂《うわさ》のヤンキー狩りの鬼だよ。見つけたヤンキーを、百人に到達するまで全員狩る。そんで最後に、その地域で一番強いヤンキーを倒して、自分が喧嘩《けんか》で最強なんだって全員に分からせてやりたいらしい……」

「なるほど」

デンくんの説明から、アキラくんは現状を察したようだ。

私はささっとデンくんに近寄った。鬼の男はまだこちらに向かってくる可能性がある。

でも、アキラくんがいれば何とかなる気がした。

「デンくん、大丈夫？」

「あぁ」

デンくんが体を起こすのを手伝う。

イテテと呻《うめ》きながら、デンくんはどうにか地面に座ることができた。

「デンくん、アキラくんに連絡してくれたんだ？」

「……まぁ……自分じゃ敵《かな》わねーって最初から見切りつけんのもかっこ悪《わり》ぃが、自分のちっぽけなプライドのせいでくだらねーことになんのもイヤだしよ」

デンくんの言う『くだらねーこと』というのが、ヒロミを傷つけられることだと分かって、私はデンくんを褒めたくなった。

「デンくんって、男前だね」

「あ？」

デンくんが顔をしかめた。

「おい、気を抜くな。また来るぞ」

いつの間にか近くに来ていたヒロミが、私とデンくんのすぐ前に立った。

しかし鬼の男はもう、ヒロミのそのまた前方にいるアキラくんしか見ていないようだった。

◆

「てめぇ……急に現れるんじゃねぇよ！　ビックリしたじゃねぇか！」

俺の一撃を喰《く》らったが、鬼の男はまだピンピンしている。

体格は互角。格別に筋肉質という風にも見えないが、見た目以上に頑丈そうだ。

俺の後方には、怪我《けが》だらけのデンくんとシズカ。その二人を背に庇《かば》うように、荒木《あらき》さんが立っている。

デンくんから連絡をもらった時には血の気が引いたが、シズカが傷つけられた様子はなくてホッとした。鬼の男はヤンキーっぽい人間ばかりを襲っていると聞いたし、シズカのように真面目そうな普通の女子には何もしないのか。

「……で？　そこの黒マスクは、今からここに臼井《うすい》アキラが来るって言ってたんだが、お前がその臼井アキラなのか？　とても穴熊《あなぐま》ってヤンキー高校で暴れて学年一つ潰《つぶ》した男には見えねぇな……。俺がイメージしてたのと全然違うぞ。ガチで陰キャじゃねぇか……」

俺を見て、なぜか鬼の男が落胆したように溜《た》め息《いき》をつく。

俺は鬼の男に聞いた。

「……学年一つ潰《つぶ》したなんて、誰から聞いた？」

そもそも穴熊《あなぐま》高校に乗り込んで学年を一つ潰したわけじゃないんだが、そこは説明しても無駄そうだから黙っておく。

「お前が臼井《うすい》アキラってのは否定しねぇんだな……？」

鬼の問いかけに、沈黙で答える。すると、鬼の男がつまらなそうに話し出した。

「倒したヤンキー共に『ここらで一番強いヤンキーは誰か』と聞くようにしている。穴熊って高校のヤンキー共が、口を揃《そろ》えたように『臼井アキラ』だと答えた。お前みたいな陰キャ面野郎が最も強いとは……ここら辺のヤンキーのレベルはゴミカス以下かよ」

穴熊高校のヤンキーたちが俺の名前を出したと聞いて、疑問が湧いた。

穴熊高校二年のボス――黒松《くろまつ》を倒したことで、穴熊のヤンキーたちに俺の名前が広まってしまったのは理解できるが、穴熊高校にはまだ一年も三年もボスがいるはずだ。どうして俺を『ここらで一番強いヤンキー』と言ったのか。

一年と三年のボスが俺と鬼の男の相打ちを狙って、配下のヤンキーに『臼井アキラの名前を出せ』と指示した……というのは考えすぎだろうか。たまたま鬼の男の被害に遭ったヤンキーが、俺の強さを知る二年のヤンキーだったという可能性もあるか……。

「しかしまぁ、人を見かけで判断するのも良くないか。そんな面してるが、もしかして、かつてヤンキー界を席巻《せっけん》した元ヤンとか？」

鬼の男に問われ、俺は答えた。

「……違うけど」

「じゃあ陰キャなのは見かけだけで、実は何か格闘技でも極めてんのか？」

「別に……俺はただ、不測の事態に備えるのが趣味な陰キャだよ」

「不測の事態？　……言ってる意味が分かんねぇが、陰キャってのは否定しないのかよ」

「そう言われることのほうが多いから」

「おいおいふざけんなよ……それじゃあ俺は、ただの陰キャに一発入れられたってことになっちまうじゃねぇか！」

言いながら鬼の男が殴りかかってくる。

「アキラくん……！」

シズカの緊迫した声が聞こえた。

しかし俺はその拳《こぶし》を、難なくパシッと受け止めた。

フードの陰で、鬼の男の目がぎらぎら光る。笑みを形取った口元からは、鋭い八重歯が覗《のぞ》いていた。

「心配されてんぞ？　彼女か？」

答えるつもりはなかった。が、僅かに表情が強張《こわば》るのを自分で感じた。

鬼の男も俺の微妙な変化に気づいたようだ。ひと際大きくニヤリと笑った。

「陰キャのくせに彼女いんのかよ。……なんか腹立つなぁ！」

鬼の男がまた殴りかかってくる。それも受け止める。次も、次も。

すべての拳《こぶし》を的確に受け止めてみせると、今度はひゅんと回し蹴りが顔面目がけて飛んで来た。――しかし、体を反らせば難なく躱《かわ》せた。

ところがそこから、急に鬼の男の動きの切れが変わった。

拳も蹴りも、より鋭く、より重くなっていく。

一撃でも喰《く》らえば、殺《や》られる。そう本能が慄《おのの》くような、ジリッと焼き付く闘気。

『お前はどこまでできる？』と力をぶつけて問いながら、俺が応えた力よりも上の力で、俺をねじ伏せにかかる。

だが、簡単にねじ伏せられる気はない。

完全に受け身でいるのを止《や》めてこちらからも拳を繰り出すと、俺の拳を受け止めた鬼の男が鼻にシワを寄せた。

「――お前……本当に陰キャか？」

直後、空気ごと切り裂くような蹴りが飛んできて、俺は鬼の男から飛び退《すさ》る――――。

「ちょ、ちょっと喧嘩《けんか》!?」

「ヤバくない!?」

――突然、シズカとも荒木《あらき》さんとも違う女子生徒の声が聞こえた。

声のしたほうを見ると、通りすがりの女子生徒二人がこちらを見て慌てている。同じ学校の生徒のようだ。スマホを持って、こちらをチラチラ見ている様子からして、どこかに連絡しようとしているようにも見える。

「チッ……警察を呼ばれると面倒だ。お前の実力を測るのは、また今度にしてやる」

鬼の男も女子生徒たちに気づき、すぐにトンネルを出てパッと近くの塀に飛び乗った。

そして更に上にある線路沿いの道へと跳躍し、あっという間に姿が見えなくなる。……戻ってくる気配は、ない。

「逃げた……の？」

後方でシズカが呟《つぶや》く。

荒木さんやデンくんと一緒にいて、俺と鬼の男のやり取りを不安げに見ていたシズカは、いつもより青い顔をしていた。

俺はシズカを安心させたくて、歩み寄りながらいつも通りの調子で話しかける。

「一応、退《ひ》いてくれたみたいだね。シズカ……大丈夫？」

「私は大丈夫。最初から私なんか眼中になかったみたいで、狙われていたのはデンくんとヒロミだけだったの。それで、デンくんがヒロミを庇《かば》って一人で闘ってくれたんだ……」

シズカの言葉を聞き、デンくんがイヤそうな顔をして溜《た》め息《いき》をついた。荒木《あらき》さんを庇ったとは言われたくなかったようだ。

「あの……大丈夫ですか？」

喧嘩《けんか》を目撃した女子生徒たちが、恐る恐るといった様子でシズカに話しかける。俺たち四人の中で、圧倒的に話しかけやすい雰囲気があるのはシズカ。だからシズカに話しかけたのだろうけど、答えたのは仏頂面のデンくんだった。

「誰にも言わなくていい。何も見なかったことにして帰れ」

怪我《けが》だらけのデンくんに低い声で言われて、女子生徒たちがビクッとする。

「あ、あの……今のことは、私から学校の先生にお話しして対応してもらうから、任せてもらえませんか？」

すぐにシズカが優しく言うと、女子生徒二人は顔を見合わせてから「それじゃあ……私たちは何も見なかったことにしておきます……」と苦笑して、足早に立ち去った。

再び四人になってから、「デンくん、私から先生に報告するね」とシズカが言った。

「勝手にしろ」とデンくんがぶっきらぼうに答える。

その間、荒木さんはデンくんに悪態をつくことなく、黙って立っていた。自分のせいでデンくんが怪我したことを負い目に感じているような表情だ。

「……こっち見てんじゃねーよ。不細工な面しやがって」

荒木さんの表情に気づいたデンくんがそう言うが、荒木さんは返事をしなかった。

デンくんは調子が狂ったのか、また大きな溜め息をついて立ち上がった。

「俺、帰るわ」

「は？　病院行けよ」

ようやく荒木さんが口を開いた。

「病院行って何すんだよ？」

「手当てしてもらえよ。ついでにバカも直してもらえ。せっかくなけなしの根性見せてると思ったら、臼井《うすい》待ちで時間稼ぎしてるとは呆《あき》れたぞ……お前が負けた後に、あたしがあいつを蹴っ飛ばしてやる予定だったのになー。あーあ、つまんねーの！」

「はあ⁉　……っ‼」

怒鳴ろうとしてどこか痛んだのか、デンくんが体を屈《かが》めてよろめいた。が、あっと思った時には荒木さんがデンくんに肩を貸してあげていた。

「シズカ……悪い。あたし、こいつを病院送りにしてくるわ」

「テメーに……病院送りにされたんじゃ、ねーから……」

「病院に着いたらあたしがトドメをさしてやるよ」

「ふざけんな……マジで……」

デンくんを支えながら「……だから、また明日な」と荒木《あらき》さんがシズカに向かって笑った。

「うん……分かった。また明日ね。気をつけて……ね？」

「ありがと。じゃあ臼井《うすい》……シズカを頼むわ」

「分かった」

ゆっくり駅とは逆方向に歩いていく荒木さんとデンくん。

その姿を心配そうに見送っているシズカの手を、俺はそっと握った。

「帰ろうか」

「うん……」

俺たちは手を繋《つな》いだまま、駅のほうに歩き出す。

でもシズカは何も喋《しゃべ》らず、足取りは重くて、駅がとても遠くに感じられた。

「……しばらく、一緒に帰ろう。朝は、家に迎えに行く」

「え？」

急に告げたせいで、シズカは目を丸くした。

「いきなり、どうして？」

「……さっきの鬼の男、『お前の実力を測るのは、また今度にしてやる』って言っていたし、また俺に絡んできそうだからさ。それで俺の力を試すために、シズカを巻き込む可能性もあると思うんだ。彼女かと尋ねて、妙に反応していたし……」

「でも、あの鬼の男は、ヤンキー以外は相手にしないって言っていたよ……？」

「俺もヤンキーじゃないのに、やりあう気だ。シズカを巻き込まない保証はないよ。ちょっと心配しすぎなのかもしれないけど……」

俺は、シズカの手を握る手に力を込めた。

「シズカを傷つけられるのだけは、イヤだから……守らせて」

シズカの手が熱くなる。ふと顔を見ると、頬《ほお》が赤く染まっていた。

「あ、ありがとう」

シズカの唇が、そっとお礼の言葉を紡ぐ。

口元は微笑《ほほえ》んでいるように見えたが、その表情からは憂いが漂っていた。

伏し目がちな横顔には、荒木さんとデンくんを心配する気持ち、そしてこれからに対しての不安が滲《にじ》んでいる。

俺も、スッキリしない気持ちだった。

鬼の男と俺の闘い方は似ていた。鋭く的確に相手の弱点を捉えて破壊する、最小限の動きで最大限のダメージを与えようとする攻撃が多かった。奴《やつ》も人体の急所をよく理解しているようだ。一見互角だったが、奴は俺より一発一発の拳《こぶし》や蹴りが重い。体の使い方が俺より上手《うま》いんだろう。スピードはこちらが勝っていたおかげですべての攻撃をいなせたが、今さらながら神経の消耗を感じてこめかみの辺りが痛んできた。

——あいつは俺よりずっと、闘い慣れている……。

　あいつはまだ全力を出していない。全力でかかってきたら、俺はあいつの動きについていけるのだろうか……。

「大丈夫？　アキラくん……どこか痛い？」

シズカが心配そうに俺を見ていた。

「……大丈夫。ちょっと疲れただけ」

「そう、だよね……あいつ、すごく強そうだったもんね……」

不安そうにうつむくシズカを見て、胸が切なくなる。

——……俺が弱気になっている場合じゃないだろ。シズカを安心させてあげないと。

抱きしめて、「大丈夫だよ」と言いたくなった。

でも——。

「……ごめんね。私って……本当に何もできなくて。誰かの助けになることもできないし、誰かを守るために戦うこともできないし、アキラくんに守られてばかりで」

申し訳なさそうに言うシズカを見て、俺は手を伸ばせなくなった。

さっきデンくんが鬼の男にやられているのを、シズカはずっと見ていたのだろう……自分には何もできないという歯痒《はがゆ》さを感じながら。

そんなこと、シズカは気にしなくていいと思うよ……と、簡単には言えなかった。

自分じゃどうしようもないことさえ、どうにかできないかと悩む気持ちはよく分かる。

そして、そう考えるのがシズカらしいところでもあるとも知っているから。

「私も強くなりたいなぁ……」

「シズカは、強いと思うよ」

「ふふっ……ありがとう」

シズカはちょっと笑ってお礼を言った。けれど、あまり嬉《うれ》しそうじゃなかった。社交辞令と捉えられてしまったのかもしれない。

——シズカは強いよ。シズカを強いと言わずに、誰を強いって言うんだ？

シズカは以前、三バカトリオにパシられている俺を心配して、一人で三バカトリオに立ち向かっていた。ただのクラスメイトである俺のために、ヤンキー三人組にちゃんと意見を言うシズカ。そんな彼女を俺は、優しいだけじゃなくて強いと思った。

それからシズカは、いつもクラスのみんなのことを気にかけていて、困っているクラスメイトがいたら率先して助けに行く。先生の言うことをきちんと聞くが、クラスメイトの不利益になることはしない。自分はうまくその輪の中に入れなくても、クラスメイトが楽しく学校生活を送ることを願って、気を配っている。お節介だと言われたり、真面目だと笑われたりして傷つきながらも、シズカは常に誰かを守っている。

……全部、強くなければできないことだと思う。

シズカに助けられた人は何人いるだろうか。

「俺がシズカを守りたいと思うのは、シズカが弱いからじゃないよ。守らなきゃダメだからじゃない。俺はシズカの強さと優しさに救われているし、シズカから力をもらっているよ」

シズカが足を止めて、俺の顔を見上げた。その目には涙が浮かんでいて、瞳が揺らめいて見えた。

涙が零《こぼ》れそうになった時、シズカが俺の胸にトンとぶつかってきた。

「ありがとう、アキラくん」

俺に顔を見せないように、シズカが涙を流す。

もう俺はシズカを想《おも》う気持ちを我慢できず、そっと華奢《きゃしゃ》な体を抱きしめた。

◇

「——それでは、失礼します」

私はそう言って、ガラッと職員室のドアを閉めた。

鬼の男と遭遇した次の日の朝。私は担任の矢口《やぐち》先生に鬼の男のことを報告し、職員室を後にした。男の特徴、話していたこと、それらを簡単に伝えたが、デンくんのことは言わなかった。……たぶん、先生に知られたくないだろうと思ったから。

教室に向かうと、時刻は八時を過ぎていた。続々と登校してくる生徒で、廊下も各教室も騒がしい。

私が自分のクラス——二年B組に着くと、私の席にヒロミが座っていた。

「おはよ。シズカ」

私を見つけてヒロミがニッと笑う。でも、ちょっと元気がないように見えた。

「おはよう、ヒロミ。……昨日、あれからどうだった？」

昨日別れた後、ヒロミとデンくんは病院に向かったはずだ。デンくんはどうだったのか聞こうとすると、ヒロミは「うん……」と鈍い返事をして黙ってしまった。

その反応から、デンくんの怪我《けが》が軽くなかったこと、ヒロミがデンくんの怪我を心配していることが窺《うかが》い知《し》れた。

「……しばらく、学校に来られないんじゃないかな」

ややあってから、ヒロミが言った。

「そっか……」

何か声をかけてあげたいと思うが、なんと声をかければいいのか分からない。うまく慰める言葉が出てこなくて、落ち込むヒロミのそばで一緒になってしゅんとしていると、頭上から声が降ってきた。

「──だーれがしばらく学校に来られないって？」

「え？」

「え？」

下を向いていた私とヒロミは、ハッと声のほうを見上げる。

すると……そこには仏頂面のデンくんがいた。

顔にはガーゼ、腕と脚に包帯。松葉杖《まつばづえ》をつきながらの登校だ。

その後ろには、キュウくんとノンくん。さらに、今朝私を家まで迎えに来てくれて、一緒に登校したはずのアキラくんがいる。手にはデンくんの鞄《かばん》を持っているから、下駄箱《げたばこ》まで迎えに行っていたようだ。

「は？　そんな状態で学校に来るとか……真面目か？」

信じられないものを見るような目をして、ヒロミがデンくんに言った。

「うっせーな。俺が休んだら責任感じてビービー泣きそうな奴《やつ》がいっから、気を遣って、無理を押して、わーざーわーざー来てやったんじゃねーか」

「おいおい……自意識過剰すぎて引くんだけど？」

……と言いつつ、ヒロミはちょっと安心した顔をしていた。

デンくんはヒロミに背中を向けて、近くの椅子にドカッと座った。ヒロミもフンと、デンくんに背中を向けるように椅子の向きを直す。

「テメーのクラスは隣だろうが。うちの教室の人口密度を勝手に上げんじゃねーよ」

「今のお前は人間じゃないから、人口密度は変わらないだろ」

「人間じゃゴルァ！」

「鏡見なかったのか？　ミイラ男が」

お互いに顔も見ず、背中を向けたまま憎まれ口を叩《たた》き合《あ》う。でも、ヒロミとデンくんの間には、どこか優しい空気が流れていた。

昨日も思ったけど、この二人にはこれから何か起こる可能性があるんじゃないかな。

親友と悪友がカップルになる未来を想像して、頬《ほお》が緩んだ。

「──おいアキラ。イチゴミルク飲みてーんだけど」

松葉杖でコンコンと床を叩きながら、デンくんが不遜な態度で言う。だけど、アキラくんは表情一つ変えずに頷《うなず》いた。

「分かった。ついでにキュウくんのアクエリと、ノンくんのCレモも買ってこようか？」

「頼んだー」とキュウくん、「よろしくなんだな」とノンくんが返事する。

そしてアキラくんは、平然とした顔でいつも通りパシリに出掛けていった。

「あーこんなに動きづれー体になってっと、パシられてくれる奴がいるのがありがてーなー」

仰々しい言い方をするデンくんを見ておかしくなり、私はくすくす笑う。

そしたらデンくんは、全然怖くない顔で私を睨《にら》んだ。

「なんだよ委員長……アキラをパシんなって説教するか？」

アキラくんがパシられているのは趣味。

アキラくんとデンくんの間にあるのは間違いなく友情で、アキラくんは友達としてデンくんを助けてあげているだけだ。

未《いま》だに三バカトリオのパンや飲み物を買いに行ったり、鞄《かばん》を持ってあげたりしているアキラくんを、三バカトリオにパシられている可哀想《かわいそう》な人だと思っている人は多い。

でも、他の人にどう思われているかなんて、アキラくんたちには些細《ささい》なことでしかないと知っている。

「ううん。しないよ」

そう言って微笑《ほほえ》むと、デンくんは微妙な顔をしてそっぽを向いた。

はい
デンくん
おー
サンキュー
いちご
ミルク
ケッ
ガキくせー飲み物が
好きだなぁ!
バッ
は?
このスーパー飲料
ナメんなよ
ビタミンとカルシウムと
糖分が一気に摂れんだよ
言うほどビタミン
入ってねぇだろ
イチゴ食って
牛乳飲んで
砂糖舐めとけよ
ボソ
……どつき漫才
コンテストとか
出られそうだよね
出ねーよ!!
カッ
パシられ陰キャが
ボケを拾われた件
ボケて
ない…

第四章　パシられ陰キャと、閉じ込められた件

鬼の男の襲撃から、一週間が経《た》った。

学校がある日、アキラくんは私の家の前まで迎えに来てくれて、帰りは家の前まで送ってくれる。それによってお母さんにアキラくんの存在が認知されてしまい、今朝はついにお母さんがアキラくんに突撃してしまった。

「いつも娘の送り迎えありがとう。あなた、シズカがヤンキーな人たちに誘拐された時に助けてくれた、臼井《うすい》アキラくんよね？　それで二人は今……付き合ってるの？」

「おおおおお母さん!!」

ニコニコとアキラくんに尋ねるお母さんを見て、私はワタワタした。恥ずかしくて、まだお母さんにアキラくんが彼氏になったことを言っていなかった。先日ネコオカランドに行った時も、ヒロミと口裏合わせて『ヒロミと一緒に行く』と嘘《うそ》をついていたのに……。

ところがアキラくんは突然のお母さん登場にも慌てることなく、いつも通りの落ち着いた雰囲気で、お母さんに向かって挨拶してくれた。

「ご挨拶が遅れてすみません。臼井アキラです。今……シズカさんとお付き合いさせてもらっています。よろしくお願いします」

「あらららら！　もぉぉぉう！　シズカも隅に置けないわね！　アキラくん、うちの子ったら真面目で奥手でしょ？　ちょっと強引でも大丈夫だから、リードしてあげてね？」

「ちょっとお母さん！　変なこと言わないで!!　もう、行ってきます!!」

「はーい。気をつけてねー」

お母さんに交際を知られるってどうしてこんなに恥ずかしいんだろうか。

――きっと勝手にお母さんの脳内で、私とアキラくんがイチャイチャしているのを想像されるのが気まずいからだ。何がちょっと強引でも大丈夫だから、リードしてあげてね……よ。強引って……アキラくんに何をさせたいのよ!?

無駄にドキドキしている心臓を落ち着けようと必死になっていると、アキラくんが私に話しかけてきた。

「ごめん……もっと早くにちゃんと挨拶するべきだったのかもしれない。なのに……今まで全然そういうの思いつかなくて……」

「え？　ううん！　全然気にしなくていいよ！　こっちこそ急にごめんね！　お母さん……本当にいきなり来るから、私もびっくりした」

「俺は、大丈夫……。でも、毎日送り迎えしている時点で、こうなることは想像できたはずなのに……ちょっとシミュレーション不足だった。焦った……」

突然お母さんが来てもアキラくんは動じず、落ち着いて対応しているように見えたけど……実はかなり焦っていたらしい。

――アキラくんでも、彼女の親に挨拶って場面では緊張するんだ。

ちょっと、かわいいって思った。

「それにしても、もう一週間も送り迎えしてもらっているけど……鬼の男が現れる様子は全然ないね」

「うん……俺のことを忘れてくれたらそれが一番いいんだけどね。こういうのは油断した頃に来る気がするから、まだ続けようと思う」

「自分の家から私の家まで来て、それから学校に行くのは大変じゃない？　朝、起きるの早いよね？」

「ううん。シズカに会えると思うと……けっこう、平気」

アキラくんの台詞《せりふ》を聞いて、ボッと体が熱くなる。

――アキラくんって、何気ない会話中に、急に私をキュン死させに来るよね……。アキラくんも油断できない……。

一人で胸の鼓動の乱れと戦っていると、私のスマホが鳴った。新着メッセージのお知らせ音だ。

道の端に立ち止まってスマホを見ると、シズハさんから【昨日はお電話ありがとうございました。また落ち着いたら、お話しさせてください】とメッセージが来ていた。

「そういえば昨日ね、シズハさんと電話したの。いろんな世間話もしたんだけど、鬼瓦《おにがわら》ジョウって人を探しに行きたいから、一緒に来てくれませんかって頼まれたんだ……」

「うん……」

「シズハさんもこっそりお屋敷を抜け出してくるから、猫岡沢《ねこおかざわ》市内のヤンキーがいそうな場所を一緒に探してほしいって。けど、この前の鬼の男の件もあるから、私はそういうところに行くのは怖くて……。シズハさんにも鬼の男の話をして、しばらくその人を探す手伝いができそうにないことも話したんだ……」

「そっか……」

シズハさんは、大好きな人が鬼の男に襲われていたらどうしようと不安そうだった。

確かにヤンキーっぽい人間なら全員、鬼の男の獲物になりえる。しかしアキラくんが目をつけられ、自分も狙われる可能性がある以上、シズハさんの想《おも》い人《びと》のために動くこともできない。

――本当に、何も協力できなくなっちゃったな……。

シズハさんに何も協力できない自分がもどかしかった。

「銀の髪に燃えるように赤い前髪……そんなに目立つ髪色をしているなら、どこかで見かければすぐに分かるはずなのにな……」

混みあった駅のホームで、学校方面行きの電車をアキラくんと並んで待つ。

六月の気候のせいか、人が密集しているせいか、暑くて額に汗がにじんでくる。

やがて向かいのホームに電車が入ってくるのが見えた。私たちの目的地、猫岡沢《ねこおかざわ》駅のほうから走ってきた電車がホームに入り、向かいのホームにいる人々の姿を覆い隠す。

その電車の姿を目で追っていた時——向かいのホームに、銀色の髪の男性の姿が見えたような気がした。前髪は……赤い？

「アキラくん、あっち！」

「え？」

「銀髪の人！　見えなかった⁉　前髪、赤くて！」

思わず私は大きな声を出して、向かいのホームを指差した。

しかし停車中の電車のせいで、向かいのホームの様子は見えなくなってしまった。電車の中はぎゅうぎゅう詰めで、窓から向かいのホームが見えることもなかった。

「ごめん……見てなかった。どの辺り？」

「えっと……あっちの……」

銀髪で赤い前髪の人なんてそうそういない。きっとシズハさんの探している人だ。

どこにいるのか探しているうちに、向かいのホームの電車が動き出す。徐々にスピードを上げて視界を流れていく電車が走り去った頃には、まばらな人の姿が見えるだけで……

そこに特徴的な髪色の人は一人もいなかった。

――見失っちゃった……？

私が肩を落とすと、アキラくんが私の背中にそっと触れた。

「……もしシズカが見た人がシズハさんの探している人なら、まだ猫岡沢市内をうろついているってことになるね。猫岡沢市内にいるなら、またどこかで見かけることもあるよ」

「あ……うん」

見間違えたのかもしれない。似ているけど違う人だったのかもしれない。本人に確認していない以上、さっき見た人が鬼瓦《おにがわら》ジョウという人なのか分からない。

でも、もし本人なら……また見つかるかもしれない。

――うっかり近くを歩いていることもあるかもしれない。よく周りを見て、どこかにいないか気をつけて探してみよう。まだ私にもできることがある。私は、彼にシズハさんの想《おも》いを届けたい……。

やがて、私たちも到着した電車に乗り込んだ。

さっき向かいのホームで見かけた人が、同じ電車に乗っているとは思えない。けれど万が一を考えて周囲の人を観察する。

キョロキョロしていると、アキラくんがこっちを見ていることに気づいた。

私を見てちょっと微笑《ほほえ》んでいるアキラくんと目が合ってしまい、恥ずかしくなった私は肩をすくめた。

その日の放課後も暑かった。六月からこんなに暑くなるんじゃ、夏本番の七月八月になったらどうなってしまうんだろうかと不安になる。

さらに今年は、自分の隣にアキラくんがいることが多いわけで……できるなら一切汗はかきたくない。そんなの、お抱え運転手付きのお嬢様くらいにしか実現できないだろうけど。

現在私は、アキラくんと一緒に登校した道をアキラくんと一緒に下校中。暗くなる前に帰ったほうがいいとアキラくんが言うから、最近放課後の勉強会もできていない。強い西日の中、暑いなぁと思ってハンカチで汗を拭いている私の隣で、アキラくんはいつも通りの涼しい顔をしている。まるで、アキラくんの周りだけ快適温度なんじゃないかと思うくらいだ。

「アキラくん、暑くないの？」

「……ん？　暑いよ？」

「え……全然そんな風に見えないよ。涼しそうな顔しているし」

「うーん……暑いって感じないようにしているからかな？　暑いって思うと余計暑く感じるから、脳内から暑いって概念を取っ払って、無になるんだ」

「無に……」

「元々俺は無になるのが得意だからできるのかも。そう考えると、シズカにはちょっと難しそうだよね。いつもレーダー張っているから、人一倍いろんなこと感じるだろうし、暑さも無視できなそう」

「暑い寒いで騒ぐのも良くないと思うから、我慢はできるんだけど……アキラくんみたいに涼しい顔はできないから羨ましいなぁ」

言いながら、急に名案を思いついた。

──あれ？　もしかしたら、アキラくんの涼しい顔を見ていれば私も涼しくなれるんじゃないの？

じっとアキラくんの横顔を見つめる。

暑さを感じることをやめたアキラくんは、汗すらもかいていないようだ。顔も汗ばんでいる私と違って、お肌がさらっとして見える。

──羨ましいな……。

じ──っとアキラくんを見つめ続けていると、アキラくんの横顔がわずかに変化する。

頬《ほお》が赤くなった。

「あの……そんなに見られると、暑い」

アキラくんが鼻の下を手の甲で擦《こす》りながら、顔を背けてしまう。

さっきまで涼しい顔していたアキラくんが、いきなり暑がっているのってちょっと面白い。私は少しだけアキラくんをからかいたい気分になった。

「暑さは無にできるけど、私の視線は無にできなかったのかな……？」

「なんちゃって」と最後につけて笑うと、アキラくんがくるっと振り向いた。

いつもよりちょっとだけ眉根が寄っていて、口が尖《とが》っている。

「……できないから」

珍しくぶっきらぼうな口調の、小さな声が私の耳に届く。

頬《ほお》を赤くしたアキラくんにジト目で見られて、私は笑った顔のまま固まってしまった。

私は今、茹《ゆ》でられたタコくらい赤い自信がある。

いろんな感情を表に出しにくいアキラくんが、不意に見せる感情。それはどれも私の心臓を射抜くものばかりだ。今回も無事に心臓を射抜かれた私は、ドクドクと流れ出すキュンキュンする気持ちを押しとどめようと胸を押さえた。

――――その時だった。

どこからか、「助けて！」と声が聞こえた。

「……今、助けてって聞こえなかった？」

私がアキラくんに言うと、アキラくんは黙って頷《うなず》きながら周りを見回す。

私の自宅に近い閑静な住宅街には、私たちが歩いているだけで周囲に人の姿はない。ある一軒家の前に、一台の中型トラックがこちらを向いて停《と》まっているだけだ。しかしトラックはエンジンが切ってあって、運転席に人影も見えない。

声を聴き逃すまいと口を閉じ、辺りの様子を窺《うかが》う。

するとまた、「助けて！」と聞こえた。男性の声だろうか。

私はすぐにトラックの荷台に近づき、裏に回った。アキラくんも私の後をついてきてくれる。

大きな箱のような荷台。観音開きのドアには鍵がかかっていないようで、僅かに開いていた。中は暗いが、この中から声が聞こえたような気がする。

「誰か、いるんですか……？」

恐る恐る問いかけると、中から「助けて！」と返事が来る。

「ごめんなさい、開けますね！」

緊急事態かもしれないと思い、許可を得る間もなくドアを開ける。すると——荷台の奥に、うつ伏せに倒れている人の姿が見えた。

「人が倒れている！　大変！」

私は鞄《かばん》を荷台に置いて、急いでよじ登った。その勢いのまま、倒れている人に駆け寄る。

「シズカ……！」

アキラくんも荷台に上がってきた。

ところが、私が荷台の中で見たのは――――。

「人形……？」

うつ伏せに倒れていた人を仰向《あおむ》けにしてあげると、それは服を着てウィッグをつけただけのマネキンだった。マネキンの顔には、マジックペンで笑った鬼の顔が書いてある。

――鬼の男のスカジャンに描かれていた鬼を思い出させる、凶悪な笑みだった。

どこかに機械が仕掛けられているのか、マネキンが「助けて！」と言った。

「シズカ！　出よう！」

アキラくんが私の手を掴《つか》む。アキラくんの声は鋭く、危険が迫っていることを私に気づかせた。――しかしトラックの荷台から脱出するより先に、外からドアが閉まる。

暗い。何も見えない。急に心臓がバクバクしてきて、怖くなった。

――まさか、鬼の男の仕掛けた罠《わな》……!?

犯人はあの鬼の男なのか。だとしたら、私たちをこれからどうする気なのか。

不安になって空いている手を伸ばすと、すぐにアキラくんの腕らしきものに触れた。ぎゅっとすがりつくと、頭上にアキラくんの息遣いを感じる。

「そうだ、スマホ……」

私がスマホを探そうとすると、アキラくんもスマホを探しているような気配がした。

――が、次の瞬間。トラックのエンジンが震え、急発進した。

「きゃっ！」

バランスが取れず、床から足が離れる。手に持ったスマホは、一瞬で手の中から消えてしまった。転ぶ――と思ったその時、私はぎゅっと抱きしめられる。

――アキラくん……!?

アキラくんに強く抱きしめられたまま荷台の床に転がる。

壁にぶつかる鈍い音がした。

でも、私はどこも痛くなくて、私を庇《かば》って壁にぶつかったのはアキラくんだと察する。

こんな時にも、こんな状況でも、咄嗟《とっさ》に私を守ってくれるなんて……。

「アキラくんっ」

「喋《しゃべ》らないで。舌を噛《か》むと危ないから」

口早に警告され、反射的に唇を引き結ぶ。

その途端、キキ――――ッとけたたましい音がして、逆の壁まで飛ばされた。椅子もシートベルトもない荷台の中で、私たちは手荒な運転に振り回され続ける。

今ぶつかったのが荷台のどちら側の壁なのか、考える間もない。次に来る衝撃に備えて、身を固くして歯を食いしばるしかない。

――そのまま、どれだけ時間が経《た》っただろうか。

ようやく、トラックがどこかに停《と》まった。

私はアキラくんに抱きしめられたまま床に転がった状態。

荷台の中で、私とアキラくんの大きな呼吸音が響く。緊張で、長く呼吸を止めていた。やっと呼吸ができるようになって、体が酸素を求めて喘《あえ》いでいるのだ。

「シズカ……痛いところ、ない？」

アキラくんも、珍しく息が乱れている。

ゆっくりとアキラくんが起き上がる気配がし、暗闇の中で探るように伸びてきたアキラくんの手が、私の腕を掴《つか》んで起き上がらせてくれた。

「痛く、ないよ……でも、なんか……寒い、かも」

どこからか強い冷気が漂ってきているのを感じて、ぶるっと体が震える。

すると、アキラくんが私をぎゅうっと強く抱きしめた。

アキラくんと密着したところは温かい。でも、むき出しになっている腕や脚からゾゾッと寒気が全身に回る。

さっきまで暑いのはイヤだとか、汗はかきたくないとか思っていたが、これはあまりに寒い。半袖の制服は冷気を防げず、ほぼダイレクトに身が冷やされる。汗で濡《ぬ》れていた場所が、特に冷たかった。

アキラくんが頭上で、苦しげに息を吐いた。アキラくんも寒そうだ。

「……エンジンがかかって走り出すとほぼ同時に、冷気が出てきた。一体、何度に設定されているのか分からないけど、この荷台は冷蔵庫か冷凍庫なのかも」

「そんな……」

走行中は衝撃に耐えるのに必死で、冷気が出ていたことに気がつかなかった。不安と恐怖で血の気が引き、余計に寒気が増す。

さらにその時、頬《ほお》にぬるっとしたものが触れて私はギョッとした。

「え……？」

見えないから、何が触れたか分からない。でも嫌な予感がして手で探ると、アキラくんの耳の近くが、濡れているように思えた。

「アキラくん、血が出てるんじゃ……!?」

「大丈夫……額を少し切っただけだと思う。それより、巻き込んでごめん……シズカを巻き込まないために一緒にいたはずなのに……ダメだった」

「アキラくん？」

「不測の事態に備えるのが趣味とか言いながら、全然備えられてなかった。そもそも俺があいつに目をつけられなければ、シズカがこんな目に遭うこともなかったんだ。不測の事態に備えて鍛えたせいでトラブルを引き寄せた……本末転倒だよ……」

「アキラくん、待って！　アキラくんのせいじゃないよ！　トラックの荷台に入ったのは私の意思だし、アキラくんは悪くない！」

私を庇《かば》って怪我《けが》までしたのに、危ない目に遭ったのはアキラくんも一緒なのに、アキラくんは私の心配しかしない。その上、こうなってしまったことに責任まで感じているなんて……。

胸の奥がズキッと痛んで、何とも言えない切ない気持ちになる。

「……アキラくんは、いざという時のために鍛えていたんでしょ？　私はそのおかげで、何度も助けてもらったよ！　私はいつも……アキラくんに感謝しているよ！」

アキラくんが鍛えたのは、平和に暮らしたいからだ。アキラくんはただ優しくて、穏やかな生活がしたいだけ。いざという時に備えているって言っても、いざという時なんて来なければいいと思っている。杞憂《きゆう》で終わればいいって思っているはずだ。

自責の念に駆られているアキラくんをどうにかしてあげたくて、アキラくんにぎゅっと身を寄せる。

冷たい体。アキラくんなのに、アキラくんじゃないような気がして胸が苦しくなる。私の体で温められたらいいのに、私の体も負けず劣らず冷たいからどうしようもない。

アキラくんがどんな顔をしているのか、見えない。でも、とても悲しそうな顔をしている気がして、いたたまれなかった。

――カチャンカチャン……。

突然、金属音が響き、やがて暗闇を光が貫いた。

誰かが荷台の扉を開けたのだ。

思わず目を瞑《つぶ》りたくなるくらい、眩《まぶ》しい光が差し込んでくる。長い時間暗闇に閉じ込められた目には暴力的な、西天の日の光。そして、同時に暖かい空気が流れ込んでくる。冷え切った体に、六月の暑さがじわっと染みた。

「おーい、臼井《うすい》アキラ。生きてんのかー？」

人影が見えた。

しばらくして光に目が慣れると、フードを被《かぶ》った男の姿が見えるようになった。

——鬼の男だ。

その背景には、幅の広い川。トラックが停《と》まっている場所は、河原のようだ。

「よぉよぉ……ずっと大人しいから、トラックの中で早々にくたばっちまったのかと思ったじゃねぇか……頭打って気絶してたか？」

鬼の男の発言を聞いて、私はハッとアキラくんを見た。

ようやく明るいところで見られたアキラくんは、本当に額から血を流していて、左目の瞼《まぶた》に垂れる血を煩わしそうにワイシャツの袖で拭いていた。

「大変……！」

私は慌てて制服のポケットからハンカチを取り出し、傷口を押さえる。アキラくんは小さく「ありがとう」と言ったが、すぐに私のハンカチを持った手を取って、額から外してしまった。それから私の手を引き、私より前に出る。

「どういうつもりで、俺たちをこんなところに閉じ込めた？」

低い声で、アキラくんが鬼の男に問う。

鬼の男を見据えるアキラくんの目は、暗く、深く、冷たい。もう冷凍庫のドアは開いたのに、押し潰《つぶ》すような冷気を感じてゾクッとした。

「どういうつもりだと？　『お前の実力を測るのは、また今度にしてやる』って前回言ったただろ？　俺はお前の実力を測りに来たんだよ……」

アキラくんの冷たい眼差《まなざ》しを受けながら、鬼の男は平然と答える。

「もう百人のヤンキーは狩り終えた。あとはこの辺で最強の男を倒して、俺が最強だって知らしめるだけだ。俺は未《いま》だにお前が喧嘩《けんか》最強だと思えねぇ。だが、狩ったヤンキー共は相変わらずお前の名前を口にする。だから試したんだ。お前がトリを飾るのに相応《ふさわ》しいこらで誰よりも喧嘩が強い男なら、冷凍庫のドアぐらい蹴破れると思ってよ」

――そんな理由で、私たちを冷凍庫に閉じ込めたの⁉

理解しがたい動機に、怒りでカッと体が熱くなる。

あんな乱暴な運転をされて、冷凍庫で冷やされて、命の危険まであったというのに……

すべてはアキラくんの実力を試すためだったと言うなんて。

私がキッと睨《にら》むが、鬼の男はククと笑いながら続けた。

「しかしまぁ、冷凍庫のドアも蹴破れないようじゃ期待外れだな。それより途中でおかしな噂《うわさ》を聞いたんだが、お前、パシられるのが趣味なんだって？　そっちの話のほうが信憑《しんぴょう》性高いよな！　強いかどうかはおいといて、そんな面白《おもし》れぇ趣味してんなら俺が飼ってパシリにしてやろうか――」

――ダァァァンッ。

凄《すさ》まじい衝撃音。

鬼の男の言葉を遮るように、アキラくんが冷凍庫の壁を蹴飛ばした音だ。すぐ近くにいた私が飛び上がったのは言うまでもない。

「冷凍庫のドアが何だって？」

アキラくんの蹴飛ばした箇所が、凹《へこ》んでいた。

「俺の実力を測りたい？　……なら、本気で相手をしてやる。存分に測ればいい」

鬼の男のとんでもない動機に怒ったのは、私だけじゃなかった。いや、私以上にアキラくんは怒っていた。

しかし鬼の男は、そんなアキラくんを見てもなお笑っていた。

「本気ね……なるほど。本気を出せばただの陰キャじゃなくなるってことか。いいぜ。見

せてみろよ。そんで少しは俺を楽しませてくれよ？　少しも俺を楽しませられなかったら

──お前の彼女を川に沈めるぞ」

刺すような殺気を感じて、私はびくりと体を震わせた。

殺気の主は、鬼の男じゃない。私のすぐそばにいるアキラくんだ。

「これ以上彼女に何かしたら、許さない」

「それはお前次第だな。さぁ、腹が決まったなら出て来い」

鬼の男が冷凍庫の入り口に背を向けて、川のほうに歩き出した。

「シズカ、出よう」

床の隅に落ちたスマホや鞄《かばん》を拾うアキラくん。私のスマホと鞄を渡してくれたその指先は、まだ冷たかった。

「アキラくん……本当に、喧嘩《けんか》するの？　怪我《けが》しているのに……」

私の前に立つアキラくんは、私を見てこくりと頷《うなず》いた。さっき鬼の男に一瞬向けた殺気を忘れるくらい、私を見るアキラくんの表情は落ち着いていた。

闘いに臨もうとするアキラくんに、沸き立つような闘志は見えない。

不自然なほど静かで、昏《くら》くて冷たい闘志が、アキラくんから滲《にじ》んでいるように感じた。

「………勝つから、待っていて」

そう言いながら、アキラくんは額から流れる血を赤く染まった袖で拭った。

アキラくんと一緒にトラックから降りると、ようやく現在位置が分かった。ここは私の家から五キロほど離れた場所にある、猫桜川《ねこざくらがわ》の河原だ。

猫桜川は川幅が広く、そして河原にはキャンプするのにも充分なスペースがあるから、夏になると子ども連れで賑《にぎ》わう。ここで遊ぶ小学生も多いのだが、今日は誰もいない。見るからに怪しいトラックのせいで、誰も近づけないのか。

トラックの近くには、鬼の男。隣に、強面《こわもて》の男性が一人いた。

まさか仲間がいたのかと思っていると、強面の男性は恐る恐る鬼の男に話しかけた。

「あの……これで、自分は、仕事に戻っていいでしょうか……？」

「……いいぜ、てめぇの用は済んだ」

強面の男性のほうが、鬼の男より年上に見える。それに、体格もいいし力もありそうだ。なのに、強面の男性は怯《おび》えた目で鬼の男を見ていて、用が済んだと分かると逃げるようにトラックに乗り込んで走り去ってしまった。鬼の男に命令され、彼がトラックを運転していたようだ。

鬼の男がアキラくんに近づく。

「さぁ正々堂々決闘といこうぜぇ。俺が楽しめたら、お前を俺のパシリにしてやる。俺が楽しめなかったら、お前の女を川に沈める。お前が万が一勝ったら……まぁ何でも一つ言うことを聞いてやるよ。お前から何か言っておきたいことはあるか？」

「……さっき俺は、これ以上彼女に何かしたら許さないと言ったけど……」

制服のネクタイの首元を緩めながら、アキラくんが淡々と告げる。

「自分勝手な都合に俺のみならず彼女を巻き込んだお前を、既に許す気はなかったよ」

「言うじゃねぇか！　その面構えに期待させといて、ガッカリさせんじゃねぇぞ！　さぁ、正々堂々勝負だぁ!!」

鬼の男が歯を剥《む》き出《だ》して笑い、アキラくんに飛び掛かった。振りかぶった拳《こぶし》を鋭く打つと、アキラくんはその拳をパッと受け止めた。だがその瞬間、アキラくんが受け止めた拳を引き、鬼の男が下から蹴りを繰り出す。

——ゴッ。

ミリタリーブーツの固い靴底は、アキラくんの腕にガードされる。

しかしまだ鬼の男の攻撃は止まらない。そこから鬼の男はパッと身を捻《ひね》り、アキラくんの手を振《ふ》り解《ほど》くと、振り返りざまに回し蹴りする。

——ガツッ。

鬼の男の蹴りが当たる度、重くて鈍い音が聞こえる。痛みが想像できて、私はぎゅっと両手を握った。

——アキラくん……っ！

私は祈るような気持ちでアキラくんを見守る。

「どうした？　この前より動きが鈍いんじゃないのか？　まさか不測の事態に備えるのが趣味の奴《やつ》が、トラックでワイルドドライブしたぐらいでへばったりしねぇよなぁ⁉」

「あんな卑怯《ひきょう》な手を使っておきながら、この期に及んで正々堂々なんて言ったのはこの口か……！」

カッと目を見開くアキラくん。

拳《こぶし》が鬼の男の頬《ほお》を捉えた。その勢いは凄《すさ》まじく、鬼の男は川まで吹き飛ばされ、浅瀬に膝《ひざ》をついた。

「うっひゃー！　この俺の動きについてくる上に、この威力で殴れるのか！　なるほど！　雑魚ヤンキー共がお前の名前を出したのも頷《うなず》けるな。だが、その程度じゃヤンキー界のてっぺんを獲《と》る俺には敵《かな》わねぇぞ！」

バシャバシャと川の中を歩いた鬼の男が、川の石をアキラくんに向かって投げ始める。

アキラくんが石を躱《かわ》しながら川に入ると、それを待っていたかのようにアキラくんに蹴りを喰《く》らわす。くるぶし丈まで水に浸《つ》かっていた足は、蹴ると同時に水しぶきを上げた。

「水が飛んで来たからって目ぇ瞑《つぶ》ってる暇はねぇぞ⁉　悪いがもう手加減しねぇ‼　うっかり気を抜いてダイレクトに俺の蹴りを喰らったら、どうなっちまうか分かんねぇぞ⁉

瞬《まばた》きしてる間にあの世に逝かねぇように気をつけな！」

バシャバシャと水しぶきを上げながら、二人は壮絶な闘いを繰り広げる。

——現状は、互角……？　でも、あの黒松《くろまつ》を倒したアキラくんと互角なんて……そんなことがあるの？

見ているだけで緊張して、息をするのも苦しくなる。

「ハハハ！　いいじゃねぇか！　気に入ったぜ！　ここまでできりゃあ、お前がここらで喧嘩《けんか》が最も強い男だと認めてやってもいいな！　だからお前を——俺がヤンキー界でてっぺん獲るための踏み台にしてやろう！　ありがたく思え！」

鬼の男が蹴り上げた水しぶきの中、アキラくんが屈《かが》んで蹴りを躱した。

すると鬼の男はもう一回転して、再び水ごとアキラくんを蹴り上げようとした。——が、アキラくんは飛んで来たミリタリーブーツを掴《つか》んで、勢いよく川の中に引き倒す。

バランスを崩した鬼の男が背中から川に倒れ、バシャンと水音を立てた。

「く……っ！」

「どうした？　俺を踏み台にしようとしているように聞こえたけど……お前には高すぎて踏めないんじゃないか？」

「んだと!?」

鬼の男が起き上がり、再びアキラくんに殴りかかる。

川の水が飛び散る中で、アキラくんと鬼の男の拳《こぶし》と蹴りが行き交う。

殴りかかってきた鬼の男を、躱《かわ》して川に突き倒そうとするアキラくん。すると鬼の男は体を捻《ひね》り、体勢を崩したままアキラくんを蹴り上げようとした。アキラくんは鬼の男の蹴りを躱す。……ところが、直後に体勢を立て直した鬼の男の拳を頭部に受け、アキラくんが川の中で膝《ひざ》をついた。

「アキラくん!!」

私は叫んだ。

鬼の男の拳は、アキラくんの額の傷に当たったようだ。アキラくんの顔に、今まで以上にダラダラと血が流れる。目に血が入ったのか、アキラくんは左目をぎゅっと閉じて苦しげな表情を見せた。

「あぁ、すまねぇ。当たり所が悪かったか？　頭の怪我《けが》は、ちょっと切れただけで派手に血が出るよなぁ。分かる分かる」

――わざと傷口を狙ったんだ……。

非道なやり方に、私はいたたまれなくなって声を上げた。

「正々堂々勝負するんじゃなかったの!?　アキラくんの怪我しているところを狙うなんて卑怯《ひきょう》よ……！」

「あ？」

鬼の男がこちらを振り向いて、呆《あき》れたように言う。

「何言ってんだよ。正々堂々やってんじゃねぇか。一対一。隠し武器は何も無い。フィールドにあるものを使うのはお互いの自由。相手の弱点を狙うのは喧嘩《けんか》の常套手段《じょうとうしゅだん》だ。卑怯も何も……」

言っている途中、立ち上がったアキラくんが鬼の男を掴《つか》んで投げ飛ばした。ザバンと川に打ち付けられた鬼の男だったが、すぐさま起き上がりながら川の水をアキラくんにかける。

左目を閉じて片目で闘っていたアキラくんが顔をしかめる。動きが鈍った。

間髪入れず、凄烈な勢いで迫るミリタリーブーツ。

躱しきれなかったアキラくんが、川の中ほどまで飛ばされる。

ザバンと水しぶきを上げて川の中に倒れたアキラくんが、ゲホゲホと咽《む》せながら体を起こした。普通の地面なら受け身が取れても、水深の深い場所では受け身が取りづらいのだろう。水を飲んでしまったのか、肺が痛そうな咳《せき》をしていた。

「不意打ちを狙うのも喧嘩の常套手段だな！　俺はそんなお前を卑怯だなんて言わないから安心しな！　そして視覚を奪うのも死角を狙うのも喧嘩の定石だ！　……どうやらお前は強いが、ちと実戦が足りないようだ。水と一緒に飛ばした石に当たるなんて、不測の事態に対する想像力がまだまだ足りないぞ！」

ようだ。

堂々と言ってのける鬼の男。

さっきアキラくんの動きが鈍ったのは、水をかけられた時に右目を石で狙われたからの

アキラくんは額からの出血のせいで、左目が開けられない。こんな不利な状況じゃなかったら、アキラくんが追いつめられることもなかったかもしれないのに。

見守っているだけじゃ歯痒《はがゆ》くて、胸の奥からぐちゃぐちゃな気持ちがこみ上げる。

その時、水浸しになったアキラくんに向かって鬼の男が笑いながら言った。

「しかしまぁ褒めてやってもいい！　俺をここまで本気にさせたのはお前が初めてだ！日本全国旅をしながら強いヤンキーと戦ってきたが、ここまで戦える奴《やつ》はいなかった！お前は俺が戦った中で一番強い！　そしておそらく、全国的に見てもお前に喧嘩《けんか》で敵《かな》う奴はそうそういないだろう！」

「そんなので褒められても、全然嬉《うれ》しくないな……」

目にかかる濡《ぬ》れた前髪と血を手で払いながら、アキラくんが鬼の男を睨《にら》みつける。

「素直に喜べよ！　俺がいなけりゃ、お前はヤンキー界のてっぺんを獲《と》れたかもしれねぇ!!　だが、生まれた時代が悪かったな！　俺がいる以上、最強になるのはこの俺だぁ!!」

再び、アキラくんと鬼の男が苛烈な闘いを始めた。

最終的にどちらが勝つのか。先が見えなくて、怖い。

「俺はヤンキーじゃないから、ヤンキー界のてっぺんなんかに興味はない！　お前、そもそも俺がヤンキーじゃないってこと忘れてないか⁉」

アキラくんが珍しく怒鳴る。

「ハハハ！　そこまで喧嘩ができるんだ！　お前を分類するにはヤンキーが相応《ふさわ》しい！　だから俺は、お前を倒すんだ……最強のヤンキーになるために！」

「勝手に人をヤンキーに分類して、喧嘩の相手に仕立てるな！」

「他のヤンキー共だってお前の強さを認めてんだ！　ヤンキーでいいだろ⁉　何が不満なんだよ⁉」

「全部だよ‼」

鬼の男は執拗《しつよう》にアキラくんの左側を狙う。そちら側を狙うと、アキラくんの反応が鈍るのだろう。弱いところばかりを狙われて、普段は静かで変化の乏しいアキラくんの顔に焦りの色が見える。

両手をぎゅっと握ったまま、私はアキラくんの勝利を祈った。

——アキラくんは言った。『勝つから、待っていて』と。

私が誰よりアキラくんの強さを知っている。アキラくんはきっと負けない。

大丈夫だ。

何度も何度も自分に言い聞かせるけど、信じているけど、アキラくんが負けてしまった時のことを想像しそうになって怖くなる。

なんでこんな時に、もっとアキラくんを信じてあげられないんだろうか。元来ネガティブな自分が本当に嫌だ。

──だって仕方ないじゃない。この世に、絶対なんてことはないんだから。さっきまで絶対に元気だと思っていた人が、急に病に倒れることだってある。絶対に勝てると言われていた人が、思いがけない敗退をした例がどれほどある？ 絶対に大丈夫と言われていた何かが、本当に大丈夫なのは、ただの結果論だ。たまたま大丈夫だっただけなんだ。

一瞬先の未来に何があるかなんて、誰にも分からない。

二人の戦いが長引けば長引くほど、不安が胸に押し寄せて苦しくなってくる。

何かを待つのは苦手だ。良くない考えのほうが増えてくる。

──アキラくん……っ！

胃とお腹《なか》が重い。心の奥がモヤモヤして苦しい。

自分はどこも傷つけられていないのに、もう我慢の限界だ。

叫びたい。

アキラくん、待つのも苦しいんだよ。邪魔になってしまうかもしれない。余計なことだったらごめんなさい。私のせいでアキラくんが困ってしまうかもしれないし、集中力が途切れて迷惑になるかもしれない。

でも、言わせて――。

「――アキラくん、頑張って!!」

どう考えても、もう精一杯頑張っているアキラくんに対して、正しい声掛けなのか分からない。これ以上どうやって頑張れっていうのか……とか、頑張っていないように見えたの……とか思われたら悲しすぎる。そう思ってほしくて言ったんじゃないから。

あぁでも、他にどうしたら伝わるのか。

アキラくんの力になりたいこの気持ちを、どう表せばいい？

私にできることなら、何でもしたい。アキラくんに自分のエネルギーを渡す方法でもあるなら、今すぐ全部あげたいくらいだ。こんな声だけじゃ、何の役にも立てない。

――でも、でも……！　あぁ本当にもう！　私ってば無力すぎてイヤになる!!

ぐちゃぐちゃな気持ちのまま叫んだ私が顔を上げると、川の中に立つアキラくんと目が合った。アキラくんまで距離があるのに、吸い込まれそうなほど、まっすぐ――。

「――そろそろ終わりにしよう」

そんな言葉が、スッと耳に届いた。

「あ？　なんだと——ッ⁉」

鬼の男が息を呑《の》む。ふっと鬼の男に振り向いたアキラくんは、いきなり鬼の男に鋭い回し蹴りを喰《く》らわした。

「うぐ……っ！　な、なんだ⁉　うおぁ⁉」

急にアキラくんの動きの切れが増した。

鬼の男に満足な防御をさせる間を与えず、攻撃を繰り出し、川の中に叩《たた》き潰《つぶ》す。鬼の男はアキラくんの力に圧倒され、川の水を滴らせながら咳《せ》き込《こ》んだ。

「ゲホゲホッ。お前……いきなりなんだよ⁉　さっきまでのは、本気じゃなかったとでも言うのか⁉」

「本気だったよ」

「なら……！　何なんだ⁉　お前、いきなり動きが……カハッ——‼」

アキラくんの拳《こぶし》が鬼の男の胸に入ったと思った次の瞬間には、鬼の男の顔に蹴りが迫っていて、鬼の男はまた激しい勢いで川に叩きつけられた。

「悪いが、これ以上シズカにツラい顔をさせたくない。——終わらせる」

「終わらせるだと⁉　クソ……舐《な》めやがって！　ゲホッゲホッ」

急に鬼の男は手も足も出せなくなっていた。怒涛《どとう》の勢いでアキラくんの攻撃が続く。

——これは……アキラくんの本気の、その先。

アキラくんの真剣な表情の奥から、尋常じゃない気迫を感じて鳥肌が立つ。

河原一帯の空気から川の水の一滴まで、アキラくんの支配下にあるように思えた。

この場所では、アキラくんがすべての決定権を握っている。息を吸うのも瞬《まばた》きをするのも、生きるのも死ぬのもアキラくんに握られている……そんな感覚になる。

アキラくんが終わらせると言えば、終わる。

終わるしかない。

絶対的な力に、あらゆるものがねじ伏せられる。

何度も川の中に倒された鬼の男はビショビショで、アキラくんの拳《こぶし》や蹴りを受けたダメージで息が上がっていた。劣勢だ。顔をしかめ、焦りと苦悩の表情を浮かべている。

対して、アキラくんは冷静な表情。

鬼の男を見下ろす姿からは、頂点に立つ者の風格が漂う。

「待てよ……俺がお前に負けるなんてことがあるかよ……俺はヤンキー界のてっぺんを獲《と》る男だぞ……！　俺がお前に負けるはずがないだろ……なんでだよ!?」

圧倒的な格の違いを見せつけられ、さすがに敵《かな》わないと悟ったのか、鬼の男が悔しそうに叫んだ。

「教えろよ!!　お前はなんでそんなに強い!?」

鬼の男は必死だった。でも、その必死な拳もアキラくんを倒すことはできない。

「負けられないからだよ」

アキラくんが鬼の男に答えた。

「守りたい人がいるから、俺には勝つ以外の選択肢はない。お前がどれほど強いかなんて関係ない。シズカに悲しい顔をさせないためなら、俺はいくらでも限界を超えられる」

「なんだよそれ……ふざけんなよ！　俺だって自分のためだけに戦ってるわけじゃねぇぞ!?　俺だって、守りたいもんがあるんだよ!!　負けられねぇんだよ!!」

ガッと鬼の男がアキラくんの胸ぐらを掴《つか》み、ガツンと頭突きを喰《く》らわせた。――その反動でズレ始めていたフードが取れ、鬼の男の顔が現れる。

――銀色の髪に、燃えるように赤い前髪。

遠くから見守っていた私にもその色がはっきり見え、思わず息を呑《の》んだ。

アキラくんも、額を合わせたまま、軽く目を見開いて固まっている。

私が探していた――シズハさんがずっと探していた想い人《おもびと》が、自分たちを狙っていた鬼の男の特徴と一致していた。

「何か一つ極めて、天下取らなきゃ、そばにいられねぇ人がいるんだよ……。俺はそのために、ヤンキーのてっぺん獲るって決めたんだ。お前を倒さないと、俺はヤンキーのてっぺんが獲れねぇんだ！　俺より下に沈めぇえええええ!!」

鬼の男はまだ引かない。

地獄の鬼のような形相でアキラくんに立ち向かう。

——この人が、シズハさんの好きな鬼瓦《おにがわら》ジョウ!? 『何か一つ極めて天下を取りなさい』って、シズハさんのお父さんが言った言葉だよね!?

特徴的な髪の色も、言動も一致している。

慌てる私の前方で、アキラくんと鬼の男は相変わらずバシャバシャ水しぶきを上げながら闘っていた。

「アキラくん! その人、鬼瓦ジョウって人だと思う!」

叫ぶと、アキラくんが返事をくれた。

「俺も、そんな気がしてた」

「は? お前ら、なんで俺の本名知ってんだ!? 俺は言ってねぇよな!?」

「とりあえず一回負けを認めろ。もう俺に敵《かな》わないことくらい分かっただろ?」

「ふざけんな!! 俺は最強のヤンキーになる男!! 俺に負けを認めさせたいなら、俺の闘志が消えるまでやってみろや!! 俺は……他のどのヤンキーにも絶対に負けはしない!!」

「ヤンキーヤンキーうるさいヤンキーだな……そろそろいい加減にしろ!」

「俺は認めねぇぞ……!! お前が今世最強のヤンキーだなんて、俺は認めねぇぇぇ!!」

「話を聞け!!」

「ふん！　ヤンキーならごちゃごちゃ言わずに最後まで拳《こぶし》で語れよ！　俺にトドメもさせねぇで、ヤンキー名乗れると思うなよ!?」

「だから――――そもそも俺はヤンキーじゃないって言ってるだろうが!!」

――バシャアアアン!!

アキラくんが鬼の男の後頭部を掴《つか》んで、川に顔から突っ込ませた。

ボタボタと水を滴らせながら、鬼の男が顔を上げる。しかしその時にはもう、アキラくんはさっさと川から上がっていた。

私はびしょびしょのアキラくんに駆け寄り、鞄《かばん》からタオルを出して手渡した。

「アキラくん、大丈夫？」

「うん……ありがとう。さっきの言葉……すごく力が湧いた」

「あ……」

さっき、アキラくんに向かって『頑張って』と叫んだことを思い出す。

タオルで顔を拭き、額の傷をタオルで押さえながら、アキラくんは私に穏やかな目を向けた。

——あんなのでも、力になれたのかな……？

苦しかった自分の気持ちが救われて、スッと胸が軽くなる。それと同時に、あぁ敵《かな》わないな……と思った。

叫んだ後に目が合った時、アキラくんは私の心の中まで見透かしていたに違いない。アキラくんのことを想《おも》ってぐちゃぐちゃになっている私に、気づいたんだ。

結局アキラくんを助けたようで、本当に助けられたのは私。アキラくんは、私が今欲しいと思っているものを、何も聞かずに黙って差し出してくる。本当に、敵わない。

「……それより、意外と近くにいたね。シズハさんの好きな人」

ふとアキラくんが言って、私も「あぁ」と呟《つぶや》いて頷《うなず》いた。

「本当……シズハさんの好きな人が、まさか向こうから近づいてきていたなんて思わなかったよ……」

フードを深く被《かぶ》っていて、今までどんな髪色をしていたか分からなかった。それに名を名乗らず、『俺は鬼だ』としか言われていない。

ヤンキー狩りしている超危険人物と、あの朗らかなお嬢様の好きな人が同一人物だなんて思わなかった。だから、鬼というのが鬼瓦《おにがわら》という名字と結びつかなかった。

「お前ら、今……シズハって言ったか？」

ビショビショの鬼の男……鬼瓦くんが、顔色を変えて私たちを見ている。

「うん。私、千天寺《せんてんじ》シズハさんの友達なの。シズハさんに頼まれて、鬼瓦ジョウ……あなたのことを探すお手伝いをしていたんだ」

「俺を……探す……？」

鬼の男はもう、鬼の顔をしていなかった。


「――まずは、その、ですね……シズハの友達とは知らず、大変迷惑かけて、悪かった……じゃなくて、申し訳ございませんでした……怪我《けが》させて……ごめんなさい……」

夕日に染まる河原で、鬼の男――鬼瓦くんは、ビショビショのスカジャンを脱いで黒のタンクトップ姿になり、砂利の上に正座して頭を下げていた。私とアキラくんは河原のベンチに座って、頭を下げている鬼瓦くんの処遇を考えているところだ。

「シズカ。こいつに酷《ひど》い目に遭わされたことは、ちゃんとシズハさんに言ったほうがいいよ。それによって、シズハさんがこいつに幻滅するとしてもね」

アキラくんの無情な言葉を聞いて、鬼瓦くんが目を見開いて口をわなわな震わせた。

「それは……勘弁してくれ……とは、俺の立場からは言えないよな……。それでシズハに嫌われたら……俺は、その事実を、受け入れなきゃいけない……」

受け入れなきゃいけないと言っているが、声が震えていて受け入れられている雰囲気じやない。可哀想《かわいそう》なくらい、鬼瓦《おにがわら》くんはシズハさんに嫌われたらどうしようと怯《おび》えている。

それはつまり……。

「鬼瓦くんは、シズハさんのことが今でも好きなの？」

「あ、あったりめぇだ!! 俺はそのために四年も、シズハと会うのを我慢してやってきたんだぞ!?」

すごい剣幕《けんまく》で怒鳴り返されて、私はビビって引く。

するとアキラくんが鬼瓦くんをじっと冷たい目で睨《にら》んで、鬼瓦くんは「うっ」と呻《うめ》いて黙った。完全に、アキラくんの立場が上になっている。

「……それにしても、シズハさんのお父さんに認めてもらうためにヤンキー道を極めていたなんて……シズハさんも予想外だと思うんだけど……。勉強とかスポーツとか、人道的なものを極めようとは思わなかったの？」

私が聞くと、鬼瓦くんが答えた。

「シズハのお父さんは、腕力でもいいって言った。俺には他に何もない。喧嘩《けんか》ぐれぇしか人並み以上にできるもんはねぇから」

「でも腕力で天下取るなら、それこそ格闘技を極めるとかもあったでしょ……？　なんでヤンキーのてっぺんを目指すの？」

「ルール無用の喧嘩のほうが得意だ。でも、それこそ無差別に喧嘩売ってたら、シズハに顔向けできなくなっちまうからヤンキー限定にした。ヤンキーなら問題ない。どうせヤンキーなんて殴り合って暮らす生き物だ。殴り殴られて文句言う奴《やつ》はいねぇしな。ヤンキーのてっぺん獲《と》れば、俺の腕っぷしの強さを証明できる。これでシズハを守れる男だって、シズハのお父さんに認めさせてやれると思ったんだ……」

「喧嘩する意思のない荒木《あらき》さんに無理矢理《むりやり》喧嘩させようとし、ヤンキーじゃない俺たちにも手を出したお前は、シズハさんに堂々と顔向けできるのか？」

鬼瓦くんが目を泳がせ、汗を流す。

「ごめん……なさい……。今まで、喧嘩売られて迷惑そうにするヤンキーに当たったことなかったんだよ。そんでお前は……陰キャのくせに強いとか聞くし、リア充しててムカついたから、彼女の前でかっこ悪い姿を晒《さら》してやろうと思ったのもあって……」

「つまり俺たちはただ因縁をつけられただけってことか」

アキラくんにハッキリ言われ、鬼瓦くんが「すみません！」と勢いよく頭を下げた。

「あの、それで……シズハが俺を探しているっていうのは、どういうことなんだ？」

私を驚かせないように、鬼瓦くんがおずおずと聞く。これまでと一転して一生懸命気を遣ってくれているのを感じ、私は苦笑した。

「シズハさんは、鬼瓦くんのことをとても心配しているよ。鬼瓦くんとずっと会いたいと思っていて、仲のいいメイドさんに頼んで鬼瓦くんのことを探していたんだって」

私はシズハさんから聞いた話を、鬼瓦《おにがわら》くんに伝えた。そして、メイドさんから伝言を聞いたかどうか聞くと、鬼瓦くんは首を横に振った。

「……いや、聞いてない」

それを聞いて、なんとなくホッとした。

やっぱり、伝言できていなかったのだ。鬼瓦くんがシズハさんに会いたくないと思って、約束をすっぽかしたわけじゃなかった。どうしてメイドさんが伝言できなかったのか気になるけど、今は鬼瓦くんのその言葉が聞けただけでとても安心した気持ちになった。

「そっか……シズハは、そんなに俺に会いたいと思っていてくれたのか。俺を探してくれていたのか……」

切ない表情を浮かべ、鬼瓦くんは正座した膝《ひざ》の上でグッと手を握った。

「シズハさんとの約束があるのは知っているんだけど、一度シズハさんと会って話せないかな？」

私が言うと、鬼瓦くんは気まずそうに言った。

「でも俺は……まだ何も極められてないし、天下も取れてない。俺は今でも半端者で、シズハを安心させてやれるものは何もない……。こんなかっこ悪い姿見せられっかよ……」

「シズハさんは、待つだけなのはイヤだって言っていたよ。鬼瓦くんが頑張っているのなら、自分もその手伝いがしたいって」

「シズハが、そんなことを……？」

「かっこ悪い姿を見せられないって思う気持ちはちょっと分かるよ。でも、自分のプライドのためにシズハさんに我慢ばかりさせるのも良くないと思う。だから――シズハさんにちゃんと会って、これからのことを二人で話し合えるって言うなら、私とアキラくんをトラックに閉じ込めてワイルドドライブしたことは言わないであげる」

「えぇ!? ま、マジ……？」

「うん。アキラくん、いいよね？」

「……シズカがいいなら」

「で、でも……シズハに会うのはもっと先だと思ってたし、ちょっと心の準備が……」

鬼瓦くんが狼狽《うろた》える。迷っているのかしきりに表情を変えて悩んでいる。

するとアキラくんが言った。

「お前、万が一俺が勝ったら、何でも一つ言うことを聞いてやるよって言ったよな？　今その要求を決めてやる。つべこべ言わずにシズハさんと会って話をしろ」

容赦ないアキラくんの要求に、鬼瓦くんがまた「うっ」と呻《うめ》いた。

「わ、わ、分かったよ……。シズハと会う……約束は、守る……」

「でもまたシズカや俺におかしな真似《まね》をしたら、その時はシズハさんに言うからな。お前がシズカと俺をトラックの中で怪我《けが》させようとしたって」

「シズハの友達だと分かった以上、もう何もする気になんねぇから……」

冷たい表情のアキラくんに淡々と詰められ、鬼瓦《おにがわら》くんは肩をすくめて小さくなった。

闘っている鬼瓦くんは熱い火みたいな感じで、アキラくんは冷たい氷みたいな感じだった。そして闘いを終えた後も、喜怒哀楽のハッキリした鬼瓦くんと、冷静で淡々としているアキラくんは対照的な印象だ。

でもなんだか二人は息が合うような気がして、ちょっとホッとした。

喧嘩《けんか》している時の迫力はすごかったが、反省している鬼瓦くんの様子からして根っから悪い人ってわけじゃなさそうだ。あのシズハさんが好きになるくらいだから、きっといいところもたくさんあるんだろう。

シズハさんと鬼瓦くんを会わせる日が楽しみに思えた。

久しぶり
元気してたか…？
長い間
寂しい思いさせて
ごめん…
いきなり何？
決まってんだろ
シズハと
再会したときの
予行練習…
俺でやるな
じゃあお前の彼女
貸してくれんの??
絶対に 貸さない
ヒュオオオ
言うと思った!!
だから嫌々お前で
練習してんだろうが！
ブー
ブー
嬉
そわ…
パシられ陰キャは
とにかく彼女を
独占したい件

第五章　パシられ陰キャを、信じた件

鬼瓦《おにがわら》くんと話した日の夜、私はシズハさんに電話をした。

シズハさんは私が鬼瓦くんと会って話をしたことを聞くと、とても喜んでいて、その声を聴いているだけで私まで嬉《うれ》しい気持ちになった。

『――それで、ジョウはわたくしと会ってくれると言ったのですか？』

「はい。シズハさんに会って、現状を話したいって言っていましたよ。それから……彼は今も、シズハさんのことが好きみたいです」

電話の向こうで、シズハさんがハッと息を呑《の》むのが聞こえた。

『そうですか……そうですかぁ……』

何度も言いながら、シズハさんが洟《はな》をするのが聞こえる。

泣くほど嬉しいなんて……シズハさん、かわいいな。

「それで、どこで会うように伝えましょうか？」

『前回の悲しい記憶を払拭したいので……次の土曜日の午後六時に、ネコオカランドの宝石の国にある、クリスタルタワーの展望台で待つと伝えてもらえませんか？　ドリームキャッスルと違い、そこの展望台はいつでも誰でも来られますから』

「土曜日の午後六時に、ネコオカランドのクリスタルタワーですね。伝えます」

『あの……シズカさん、お願いがあるのですが……』

　そこで、シズハさんが申し訳ないように言い出した。

「はい？　何ですか？」

『土曜日の夕方、わたくしを猫岡沢駅《ねこおかざわ》まで迎えに来てくれませんか？　一人で猫岡沢駅まで行ったことはあるのですが、そこからの乗り換えが不安で……。チケット代はお支払いしますので、よかったら彼氏さんと一緒に来て、夜のネコオカランドでデートするのはいかがですか？』

　必死にお願いするシズハさんの声を聴きながら、私は微笑《ほほえ》む。

「実は最初から、シズハさんと鬼瓦くんが会う日が決まったら、私とアキラくんもネコオカランドに行こうと思っていたんです。チケット代は気にしないでください」

　本当は鬼瓦くんから「いきなり二人で会うのは気まずいから協力してくれないか？」と頼まれていたのだけど、そこは鬼瓦くんのために黙っておく。シズハさんのことになると、鬼瓦くんはちょっと気弱になるようなのだ。

「じゃあ、私がシズハさんを猫岡沢駅で待ちますから、そこから一緒にネコオカランドに行きましょう。アキラくんと鬼瓦くんには、クリスタルタワーの展望台で先に待っていてもらうことにします」

『それは……心強いです。本当に、何から何までありがとうございます。でもどうしてもお礼がしたいので、チケット代は払わせてください……お願いします』

「いや、そんな……！　大丈夫ですよ！」

私は最初、その申し出を断ろうとしたけど、シズハさんはなかなか引き下がってくれない。そこでずっと断り続けるのも良くない気がして、私は申し出をありがたく受けることにした。

「じゃあ……お願いします」

『ありがとうございます……シズカさん』

電話の向こうで、シズハさんが深々と頭を下げている姿が想像できた。

――ようやく、役に立てた気がするなぁ。

友達の願いが、もうすぐ叶《かな》う。その力添えができて、自分がこの件に関わったことに意味があったと思えてホッとした。

『それでは……また』

「はい。シズハさん、気をつけていらしてくださいね」

私がシズハさんを気遣うと、ふふっとシズハさんが笑う気配がした。

『大丈夫ですよ。お屋敷をこっそり抜け出すのは、ジョウがいた時によくやっていましたから』

そして遂《つい》に、運命の土曜日がやってきた。

日が暮れた後に出掛けるなんてことを私は滅多《めった》にしないから、お母さんがどんな反応をするか心配だった。アキラくんと付き合っていることを報告したとはいえ、夜にアキラくんと一緒にネコオカランドに行くと言うと、何か怪しまれそうで怖い。

でも、隠し事をするのもイヤだと思って、「シズハさんとアキラくんと一緒に、ネコオカランドのナイトパレードを見に行くことになった」と話した。

するとお母さんは「アキラくんも一緒なら安心ね。帰りはちゃんと家まで送ってもらいなさい」と言ってくれて、会話はあっさり終了した。

何故《なぜ》だろう……お母さんって、私が考えているよりずっとアキラくんに大きな信頼を寄せている気がする。それとも私が気にしすぎていただけなのだろうか。

シズハさんと猫岡沢《ねこおかざわ》駅で待ち合わせして、私たちはすぐに電車に乗った。今回シズハさんは、動きやすさを重視したパンツスタイル。でも上品なシフォンブラウスと合わせていて、そこはかとなくお嬢様感が漂っていた。今日は、私たちの服装が丸被《まるかぶ》りするなんてミラクルは起きていない。

電車に乗っている間、シズハさんは口数が少なかった。隣にいる私にも、シズハさんの緊張が伝わってくる。

当たり障りのない話だけをポツポツとして、ネコオカランドに到着したのは午後五時四十分過ぎ。ここからまっすぐクリスタルタワーに向かえば、ちょうど午後六時くらいに待ち合わせ場所に到着する見込みだ。

ネコオカランドのチケットを買って中に入ると、私はすぐアキラくんにメッセージを送った。ネコオカランドに到着した旨を伝えるためだ。

すぐに既読が付き、アキラくんから【お疲れ様。こっちも問題ないよ】と返ってくる。アキラくんと鬼瓦《おにがわら》くんのスタンバイはオッケー。鬼瓦くんとシズハさんの再会の準備は整った。

「シズハさん、行きましょうか」

「はい！」

しかし二人で一緒に宝石の国のクリスタルタワーを目指そうとした時、突然、私たちの前にネコオカキャットの着ぐるみが立ち塞がった。

「千天寺《せんてんじ》シズハ様」

着ぐるみに呼びかけられ、シズハさんの顔に緊張が走る。

「ご当主様が、園の裏にあるＶＩＰ用レストハウスでお待ちです。……一緒に来ていただけますね？」

着ぐるみは、私たちが目指す方向とは反対方向の、炎の国を手で示していた。

――まさか、今日鬼瓦くんと密会しようとしているのが、シズハさんのお父さんにバレてしまったの……？

私も不安になってシズハさんを見ると、シズハさんは私の手をぎゅっと握った。

「……わたくしとジョウが会おうとしていることにお父様が気づいてしまったのなら、下手に隠しても仕方ありません。それなら正直にお話しして、説得して、ジョウと会うことを許してもらいます。シズカさん……一緒に来てもらえますか？」

小声でそう言うシズハさんの手を、私も握り返す。

「もちろん。私も一緒に説得します」

シズハさんは私をまっすぐ見て一つ頷《うなず》き、着ぐるみに向かって言った。

「お友達も一緒に来てもらおうと思います。お父様はどちらですか？」

「こちらに関係者専用の通路がありますので、そこから参ります。ついてきてください」

ネコオカキャットの着ぐるみに案内されて、炎の国に向かう。そして、関係者以外立ち入り禁止の扉をくぐって、ネコオカランドの裏に通された。おそらくスタッフが裏で移動するための屋外通路だろう。

「こんなところに、レストハウスなんてありましたっけ……？」

シズハさんが聞くと、着ぐるみが答える。

「ご当主様は、大変お怒りでして……落ち着いていただくために普段はあまり使われていない奥のレストハウスにご案内しております。我々にも手が付けられず、ちょっと困っていたところなのですよ……」

「そう、ですか……」

シズハさんの表情は固い。約束を破って二人で会おうとしたこと、そのためにお屋敷を黙って抜け出したことで怒っているのだとしたら、説得は一筋縄じゃいかなそうだ。

しばらくネコオカランド側の壁と、ネコオカランドの外……つまり海に面した壁の間を進む。そしてようやく少し広い場所に出ると、そこは辺り一面に青い花が咲いていた。

「これは……ネコフィラ?」

アキラくんと初めてネコオカランドに来た時、ネコフィラの自生地の話を聞いた。もしかして、ここがそうなのだろうか。

「ここ……入っていいんですか?」

私が聞くと、ネコフィラを踏みながらずんずん歩いていた着ぐるみが振り向く。

「気にせず歩いていいですよ。園内に移植するためのネコフィラは、別の場所にある温室で栽培されています。ここにあるのは、勝手に生えている雑草みたいなものですから」

「そうなんですか……」

「レストハウスはこの先です。急ぎましょう」

ネコフィラ畑はとってもふかふかで、美しい絨毯《じゅうたん》のようだった。

気にせず歩いていいと言われたが、歩けばどうしても小さなお花を踏んでしまう。少し申し訳ない気持ちがして、私の歩みは慎重になった。見ると、シズハさんも足元を気にして慎重に歩いている。

――その時、前方に巨大な鳥かごのようなものが置いてあるのに気づいた。人が入れるくらい大きな鳥かご。

準備中の、ネコオカランドの新しいオブジェなのだろうか。でも無機質な鉄の檻《おり》は、夢と希望を謳《うた》うネコオカランドに似合わない、なぜかとても不気味なものに見えた。

じわっと胸に不安が広がる。

何か嫌な予感がするのは、怒っているシズハさんのお父さんがこの先で待っているからなのか。それとも――。

「――どうして、着ぐるみを着たままシズハさんを案内するんですか？」

顔を見せない案内人に対して、急に不信感が募り、私は問いかけた。

着ぐるみが立ち止まる。前方を向いたまま。

「シズカさん……？」

シズハさんが不思議そうに私を振り向く。

私はシズハさんの手を握って、そばに引き留めた。

「あなたは、誰ですか？」

私は着ぐるみに向かってさらに問いかけた。

「着ぐるみの頭を取って、顔を見せてください。あなたは、本当にシズハさんのお父さんに言われてシズハさんを案内しているんですか？」

シズハさんが一瞬驚いた顔をし、着ぐるみから離れるように後退る《あとずさ》。私もシズハさんと一緒に数歩後退った。

シズハさんの案内をするなら、顔を隠す必要があるだろうか。むしろきちんと顔を見せて、自分が千天寺《せんてんじ》家に仕える人間であることをきちんと示すはずである。

着ぐるみは振り向かない。振り向かないまま、足を止めている。

「……着ぐるみの頭を取りなさい」

固い声で、シズハさんが着ぐるみに命じる。

しかし、着ぐるみは動かない。

怪しい。この着ぐるみ、まさか――――？

「――シズカ！　そいつから離れて!!」

突如、耳に届いたアキラくんの声。その声に警告の響きを感じ、私はすぐシズハさんの手を引っ張って元来たほうへと走り出そうとした。

しかし、着ぐるみが突然「うぉおおおお」と雄叫《おたけ》びを上げながら走ってきて、私たちに掴《つか》みかかろうとする。

「きゃあああああ」

怯《おび》えたシズハさんが悲鳴を上げた――その時だった。

どこからかアキラくんが飛び降りてきて、ネコオカキャットの着ぐるみを両足で蹴り飛ばした。

「グヘェ!!」

アキラくんの蹴りをダイレクトに喰《く》らって、着ぐるみの頭が取れる。そしてそのまま青い花の中にどさっと倒れた。

中から出てきたのは、スキンヘッドの男。頭に派手な刺青《いれずみ》が入っている、どう見ても千天寺家に仕えるまっとうな人とは思えない、怖そうな人だった。

◆

ネコオカランドと、関係者以外立ち入り禁止ゾーンを隔てる高い塀の上。そこを疾走してきた俺は、怪しい着ぐるみを両足で蹴り飛ばした。

——間に合った……。

シズカとシズハさんは、お互いの手を握り合って、花畑に倒れた男を見ている。着ぐるみの頭が取れて、頭に刺青《いれずみ》の入ったスキンヘッドの男の顔が晒《さら》されていた。とても堅気の人とは思えない。

「こんな人……お父様が雇うはずありません」

シズハさんが震える声で言った。

「じゃあ、この先でシズハさんのお父さんが待っているって話は……嘘《うそ》？」

シズカも怯《おび》えた表情をしている。

「この先で、シズハさんのお父さんが待っているって言われたの？」

俺が聞くと、シズカは少しうつむいた。

「うん……シズハさんが鬼瓦《おにがわら》くんと会おうとしているのがバレちゃったんだと思って、それなら話をしなくちゃって思って……つい、ついて行っちゃったの。アキラくん……助けてくれてありがとう」

「ちょっとイヤな予感がしたから来てみたんだけど……間に合ってよかった」

「鬼瓦くんは？　一緒に来ているの？」

「あぁ、鬼瓦は……」

俺が答えようとした時、複数の足音が近づいてきた。

俺は二人を背に庇《かば》うように立つ。

巨大な鳥かごの向こうの暗がりから歩いてきたのは、見覚えのある人物と怪しい黒ずくめの男たちだった。

「チッ……面倒な子が来たわねぇ……坊や、どうしてここが分かったの？」

薔薇《ばら》の髪飾りをつけた、シズハさんの護衛——胡桃《くるみ》。手には、先日俺が引きちぎったのとは違う色の短鞭《たんべん》が握られていた。

「……彼女の携帯と位置情報を共有できるようにしてある。待ち合わせ場所で位置を確認したら変なところに向かうから、何かあったと思ってここに来た」

「はぁ!?　それって、彼女がどこにいるか、いつでも分かるってこと!?　あんた前に会った時も愛が重すぎる雰囲気を出していたけど、彼女、よく許したわね!!」

胡桃が俺を指差してわめく。過剰反応されて、俺はいい気がしなかった。

「別に、常に位置を確認するようなことはしてないから」

「いや、あんたはやるわよ!!　そのうち彼女の居場所を逐一確認して、どこか行く度に鬼《おに》電《でん》するようになるわ!!　危険よ!!　今すぐ位置情報の共有は止《や》めたほうがいいわよ!?」

なぜか胡桃は、シズカを熱く説得しだす。

でもシズカはあっさりと言い返した。

「居場所を知られて困ることはないから大丈夫です。スマホを落とした時に探してもらえるのも便利だし、はぐれて道に迷った時にも便利だし、むしろ絶対助かることのほうが多いと思っていますから」

「だぁぁぁそうだったわね!! こっちは重い彼氏も受け入れちゃう系聖母女子だったわね!! くぅぅぅぅっ今すぐリア充爆発ボタンが欲しぃぃ!!」

胸ポケットから出したハンカチをギリギリと噛《か》みながら、胡桃《くるみ》が叫ぶ。

そんなやり取りをしていると、しばしの間、茫然《ぼうぜん》と立ち尽くしていたシズハさんが俺を押しのけるように前に出た。シズカはそっと俺の隣に寄る。

「それより胡桃、これは一体なんのつもりですか!? お父様が呼んでいるという話は嘘《うそ》なのですか!?」

「あぁ、旦那様はいませんよ。アタシは独断で、あなたを捕まえに来ました」

胡桃が淡々とした口調で答えた。

「黙ってお屋敷を抜け出したことは謝ります……ですが、今回だけは見逃してもらえませんか!? 後で、ちゃんと罰は受けますから!」

シズハさんは、胡桃が自分を連れ戻すためにこの罠《わな》を張ったと思ったようだ。だが、俺はそうじゃないと気づいていた。シズカも、おそらく気づいている。

「残念ながら、そういうんじゃないんですよねぇ……」

胡桃が短鞭《たんべん》の持ち手で自分の頬《ほお》をペチペチしながら、小首を傾《かし》げる。

「アタシは今日、お嬢様を誘拐しに来たんです。この鳥かごに入れて、そして売り飛ばすためにね」

シズハさんは驚きのあまり絶句した。

その顔を見て笑いながら、胡桃は朗々と告げる。

「千天寺《せんてんじ》家は日本有数の財閥！　そしてあなたは千天寺家の前当主、現当主の溺愛する大事な娘！　あなたを人質に取れば、千天寺家を裏から操ることも可能ってわけですよ！　あなたの誘拐を成し遂げたアタシには大金が舞い込む！　アタシはね、最初からこの日のためにあなたの護衛になったのです！」

「そんな……」

「お嬢様が今日、お友達とこっそりここに遊びに来ようとしている情報を掴《つか》んだ時には、ラッキーだと思いました。そうじゃなければ、アタシが『夜のパレードが新しいテーマに変わったので見に行きましょう』とお誘いする予定でしたが、面倒が省けました」

「どうして……嘘でしょう……？　最初から裏切る気だったのですか……？　わたくしは、胡桃を信頼していたのに……！　あなたを、姉のように思っていましたのに!!」

裏切られたシズハさんの悲痛な叫びを、胡桃は鼻で笑った。

「信頼？　度々言うことを聞かずにアタシを撒《ま》いてどこかに行ってしまうお転婆《てんば》のくせに、本当にアタシを信頼していたんですか？　まぁ……今となってはどうでもいい話です。アタシは今までずっと、あなたに愛着など感じたことがなかった」

「わたくしが胡桃《くるみ》を撒《ま》いてフラフラするのは、必ず胡桃はわたくしを見つけてくれると信じていたからで……あなたが護衛になったこの二年間、とても楽しくて幸せだったのに……。わたくしに愛着など感じていなかったなんて……わたくしと一緒に手芸をしたり、一緒にお菓子作りをしたり、今まで共に過ごした時間は全部嘘《うそ》だったと言うのですか⁉」

シズハさんは胡桃に裏切られたのがよほど信じられないのか、声を荒らげて叫んだ。だが、胡桃は無表情でシズハさんの叫びを聞いている。

そして、表情を変えないままポツリと言った。

「アタシね、可愛《かわい》い女が嫌いなんです」

「え……？」

戸惑うシズハさんに、胡桃は続けた。

「可愛い女が羨ましくて——妬ましくて——恨めしい。アタシにないものを当たり前に持っている女が嫌い。そこの坊やの彼女だって、アタシは嫌いです。あなたは特に嫌いです。恵まれた容姿、何不自由ない生活のできる家柄、前世でどんな徳を積んだらそんな風に生まれることができるんですか？　教えてくれませんか？」

「胡桃……」

「手芸を教えている時間は楽でしたよ。あなたの顔を見ないで済むから。手元で可愛いものが生まれるのに集中していればいいだけですから。アタシは本当にあなたの顔が見たくなくて……だから目が悪いのにメガネをかけなかったんです。だって、顔を見てしまったら、その綺麗《きれい》なお顔を引き裂いて元に戻らなくなるまで潰《つぶ》してしまいたいって衝動に襲われてしまったでしょうからね！」

アハハハと笑う胡桃は、おぞましい雰囲気をまとっていた。

──シズハさんへの態度が雑なのは、それだけ親しい仲であることを示していると思っていた。……まさか嫌いだから顔を見たくないなんて理由だとは思わなかった。

なぜ大事なお嬢様をそんなあやふやな視界で護衛しようとするのか、疑問だった。いくら跡継ぎに関わらない身とはいえ、シズハさんは千天寺《せんてんじ》家の娘。良からぬことを考える奴《やつ》らに狙われる可能性は大いにある。しかもシズハさんに撒かれて見失うのは日常茶飯事のようだった。腕に覚えがあるのかもしれないが、どうにも警護が甘いとしか言いようがない。視力に問題があるなら、改善しようと考えるはずだ。しかしそうしなかった理由は、そもそも最初から、シズハさんを大事に想《おも》っていなかったからとは……。

俺の隣にいるシズカも、少なからずショックを受けた顔をしている。

しばらくシズハさんと胡桃の話を黙って聞いていたが、俺も胡桃に向かって言った。

「随分ベラベラ喋《しゃべ》っているけど、シズハさんを捕まえる計画が失敗して自暴自棄になっているのか？」

「アハハ！　計画が失敗したなんて思ってないわ。ただ、せっかくだから最後にちゃんとお嬢様が絶望する顔が見たくなったの。今日は度付きのサングラスだから、アタシに裏切られて歪《ゆが》むお嬢様の顔がよく見えるわぁ……しばらくいい夢が見られそう！」

——やはりまだ諦めていないか。

ここはネコオカランドの関係者以外立ち入り禁止区域。胡桃《くるみ》はネコオカランドの関係者に顔が利くから、人払いは完璧だろう。

俺はともかく、シズカとシズハさんが塀を飛び越えてネコオカランド内に逃げるのは不可能。シズカとシズハさん二人を逃がすより、胡桃を始めこいつら全員叩《たた》きのめすほうが確実そうだ。

「シズカ。シズハさんと一緒に下がっていて」

俺が言うと、シズカが俺を見た。

揺れる瞳。眉も不安げに寄せられている。

でも、シズカは口元をグッと引き結んで頷《うなず》いた。

「シズハさん……こっち」

シズカがシズハさんの手を取り、俺の後方まで下がる。それとほぼ同時に、胡桃の後ろにいた黒ずくめの男たちがぞろぞろと前に出てきた。

「坊や一人来たところで、アタシの計画は変わらない。こっちは三十人。対してそっちはイキったクソガキがたったの一人。勝ち目があると思ってんの？　あんたとそこの彼女はバラしてサメの餌にしてやるわ！」

胡桃の吠《ほ》える声。戦闘の構えを取る男たち。

ギラギラした暑苦しい殺意を向ける男たちを前に、俺の戦闘スイッチが入る。

「……お前らが何を企《たくら》もうと自由だが、シズカとシズカの友達を巻き込むなら話は別だ。お前らの計画ごと、全員まとめて潰《つぶ》してやる」

「前にアタシのお気に入りの鞭《むち》を引きちぎった恨みもここで晴らしてやるわ！　殺《や》ってしまい!!」

一斉に俺に向かって飛び掛かる男たち。

ヤンキーの喧嘩《けんか》とは一線を画する、洗練された拳《こぶし》や蹴りが俺を狙う。靴には何かが仕込んであるのか、蹴りを受けた腕がいつも以上に痺《しび》れた。

――悠長にしている場合じゃないな。まだこいつらは俺を侮っている。侮ってくれている間に、半分以下に削らせてもらわないと……。

悪い大人なら、小道具や武器を隠し持っている可能性が高い。普通に殴って倒せると思われている今が有利だ。

集中。神経を研ぎ澄まし、迷いを捨てる。

向かってくる男の攻撃が届くより先に距離を詰め、鼻の下、喉仏、みぞおち、こめかみ等急所を的確に撃つ。一人一発ずつ狙いを定めて拳《こぶし》をお見舞いすると、バタバタと男たちが地面に倒れた。

「なっ……!?」

驚いている胡桃《くるみ》に向かって俺は駆ける。

「前に十対一で負けたこと、忘れたのか？　三倍になったくらいじゃ変わらないぞ！」

「このガキ……っ！」

突如、胡桃が何かを地面に向かって投げた。ボフンッという音と共に、煙が辺りに立ち込める。煙幕というやつか。

ただでさえ明かりが少なく薄暗い場所なのに、煙のせいで完全に視界が奪われた。

「大人って汚い生き物なのよぉ！　卑怯《ひきよう》でごめんなさいね！　アタシたちは特殊なサングラスしてるから、あんたの動きはちゃんと見えんのよ！」

耳元でひゅんと空気が鳴り、反射的に屈《かが》んで避《よ》ける。

——視界がダメなら、視覚に頼るな。

瞬時に自分に言い聞かせ、すぐに目を瞑《つぶ》り、聴覚と触覚をフルに活動させる。見えないことによるストレスが、判断を鈍らせ、他の感覚を弱らせる。それなら自ら視覚を遮断し、他の感覚を研ぎ澄ませて、躱《かわ》して反撃すればいい。

敵の息遣い、足音、空気の動く音を聴く。空気の流れ、敵の殺意を肌で捉える。

一瞬の動きのミスが、自分の命に関わる。その極限状態が、通常では絶対にない超人的感覚を目覚めさせていた。

「ぐはっ！」

「あがっ！」

「ごふっ！」

煙幕の中で袋叩《ふくろだた》きにするつもりだったのだろうが、地面に転がったのは男たちのほうだった。

「——きゃあ!!」

その時、耳に届いた悲鳴。

ハッとして煙幕を駆け抜けると、シズカとシズハさんが巨大な鳥かごの中に閉じ込められていた。しかも、上空に浮かんでいる。手を伸ばして届く距離じゃない。空をよく見ると、海から伸びているクレーンが鳥かごを持ち上げているのが見えた。

「はい、捕まえた。あんたの負けよ、坊や。アタシに指示一つで、この鳥かごはどこにでも落とせるの。分かるわね？」

鳥かごは、ネコオカランドと関係者以外立ち入り禁止ゾーンを隔てる高い塀の、さらに上の高さで止まっている。そこから落とされたら……シズカたちが怪我《けが》をする。

俺はグッと堪《こら》えてその場に留《とど》まり、胡桃の出方を様子見することにした。

「シズカは無関係だろ。まずはシズカを出せ……」

俺が胡桃《くるみ》に言うと、上空からシズハさんも言う。

「その通りですよ、胡桃！　わたくしはいいから、シズカさんだけでも出してください」

「いいえ。やっぱりその子をサメの餌にするのをやめにします。あなたと雰囲気が似ているから、何かに使えるかもしれないじゃないですか？　一緒に船に来てもらいますよ」

胡桃は余裕の笑みを浮かべている。

「わたくしのせいでごめんなさい」と言うシズハさんのか細い声と、「シズハさん……大丈夫です。きっと大丈夫ですから……」と慰めるシズカの声が聞こえてきた。

――どうする？　ここからじゃ、手を出せない……あとは……。

俺はクレーンを目で辿《たど》り、チラッと海のほうを見やった。

スマホの位置情報から、シズカたちがおかしな方向に移動していると気づいた時、シズハさん誘拐の危険性をいち早く疑ったのは鬼瓦《おにがわら》だった。そして俺がシズカたちのところに駆けつける時、鬼瓦は『気になるから海のほうを見てくる』と言って別れた。もし奴《やつ》がクレーン船に向かっていれば、クレーンを止めることが可能なはず……。

胡桃はシズハさんが、シズカや俺と遊園地で遊ぶためにやってきたと思っている。ということは、今日ここに鬼瓦が来ていることに気づいていない。……これは、チャンスだ。

胡桃に気づかれないうちに鬼瓦が船を制圧すれば、きっと鳥かごを無事に下ろせる。

――頼んだぞ……鬼瓦。

俺は胡桃から目を離さないまま、ふーっと息をついて呼吸を整えた。

「胡桃……わたくしたちをどうするつもりですか？　売るって……一体誰に？」

シズハさんが鳥かごから胡桃に問いかけた。

「黙ってその鳥かごに入っていれば会えますよ、あなたを買った人にね。……いやぁ、なかなかあなたをいい値で買ってくれるお客が現れないので、いつまでふざけた子守りを続けなきゃいけないのかと不安でしたよ……。しかもあなたときたら、最近、昔なじみの男に会おうとしていたみたいじゃないですか？　あなたの体が汚れれば商品価値が下がるんですから、その辺は気をつけてほしいですよね」

「……胡桃、ジョウのことを知っていたの？」

「あぁ、ジョウって名前なんですか？　そこまでは知りませんでしたけど、あなたがメイドに頼んで好きな男を探していたのは知ってますよ。そういえばこの前、メイドがあなたと男の逢引《あいび》きを手伝おうとしていると部下から聞いたので、急遽《きゅうきょ》メイドを屋敷から排除したんでしたっけ……。非常に面倒でしたねぇ……」

「な……っ！　彼女がお屋敷からいなくなってしまったのは、あなたのせいだったのですか!?」

「そこまで面倒くさいことを頑張ったのに、当日はそこのお嬢さんと坊やのおかげで、あなたが駆け落ちしようとしていると勘違いする羽目になって……アタシがどんなに焦ったか分かりますか？　……本当にビックリしましたよ」

「……わたくしを売ってそんな大金を得て、あなたは何がしたいのですか⁉」

シズハさんの声は、怒りで震えていた。

しかし胡桃《くるみ》は動じない。シズハさんを楽しそうに見ている。

「そうですね……せっかくなのでアタシの夢をお話ししてあげましょうか。アタシは大金を手に入れたら、美しい女の体を手に入れる手術を受けるつもりです。そして大きな家に何人もの屈強な体躯《たいく》のイケメンを囲って、傅《かしず》かせる……最高だと思いませんか？」

「そんなこと、絶対に上手《うま》くいくはずありません！　お父様が黙っていませんわ！」

「ここは神隠しにはもってこいのスポット……今日ここで、アタシもあなたも行方不明になる。あなたは二度と表舞台に顔を出すことなく、籠の中で過ごすのです。アタシはさっき言ったとおり顔も体も変えてしまいますから、見つかることはないですよ。千天寺《せんてんじ》家の大事な娘とその護衛は、ネコオカキャットの妖精パワーのせいで消えたのだと、きっと都市伝説で語り継がれます。楽しみですね！」

鳥かごの中で、シズハさんは言葉を失っている。そんなシズハさんを満足そうに眺めて、胡桃が笑った。

「さぁそろそろ船に移動しましょう。さようならお嬢様。お友達と一緒に良い船旅を」

胡桃が通信機に向かって「動かしなさい」と、命じた。

——が、クレーンは動かない。

鳥かごも、現在の位置から全く動かなかった。

「どうしたの⁉　さっさと船に動かしなさい‼」

胡桃が怒鳴る。ところが通信機から返事がないようだ。

俺はホッと息をついた。——どうやら、船にはもうクレーンを動かせる人間が一人もいないらしい。

「誰かいないの⁉　何をしているの⁉　何があったか言いなさい‼」

胡桃が通信機に向かって怒鳴っていた時、海側の塀の向こうから「よいせっ」という掛け声と共に人影が現れた。声に反応して塀の上を見た胡桃が、口元を歪《ゆが》める。

塀の上に立ったのは、鬼瓦《おにがわら》。

なぜか上半身裸の鬼瓦は、堂々と腕組みをして俺に向かって笑いかける。

「おーい！　船の奴《やつ》らは全員ノしてきたぞー」

さっきまで漂っていた緊張感をぶち壊すくらい、鬼瓦の声は明るい。船にいた手練《てだ》れの大人との戦闘を、存分に楽しんできたようだ。

「あんた……誰よ？」

胡桃が鬼瓦を見上げる。すると、鬼瓦がニッと笑った。

「俺の名前は、鬼瓦《おにがわら》ジョウだ」

「な……!? ジョウ!? ジョウって、さっき言っていた……!?」

「今日俺たちがシズハさんとネコオカランドに来た目的は、ただ遊ぶためじゃない。シズハさんとシズハさんの好きな人……鬼瓦を会わせるためだったんだ」

俺が言うと、胡桃《くるみ》は鼻にシワを寄せた。

「あんたたちが繋《つな》がっていたなんて……! でも、どうして船に気づいたのよ!?」

「俺は臼井《うすい》と一緒に、クリスタルタワーの展望台でシズハたちが来るのを待ってたんだ。そしたらそこから、炎の国に海から伸びる奇妙なクレーンが見えてよぉ。臼井の彼女がシズハと一緒にそっちに向かってるって言うし、なんか臭うじゃねぇか。で、臼井がこっちに行くって言うから、俺は海のほうに回らせてもらった」

「そんな……クレーンがこの暗闇で見えるはずが……」

「見えたもんは見えたんだから諦めな。シズハは渡さねぇ……俺の目が黒いうちに、シズハをてめぇらの好きにできると思うなよ!!」

塀の上から鬼瓦が胡桃に怒鳴った。

俺も胡桃に言い放つ。

「シズハさんを罠《わな》に嵌《は》めたいわりには、シズハさんの観察が足りなかったようだな。最初からシズハさんをちゃんと見ようとしなかったお前には、当然の結末だと思うが」

「くっ……」

胡桃が悔しそうに呻《うめ》く。怒りで体を震わせているように見えた。

その時、上空の鳥かごから、シズハさんが塀の上にいる鬼瓦に向かって叫んだ。

「ジョウ⁉　ジョウなのですね⁉　本当に……ジョウなのですね⁉」

「シズハ……」

「あぁ、ジョウだわ。会っていない間に、また一段と逞《たくま》しくなったようね、ジョウ……」

シズハさんの声は、涙で濡《ぬ》れていた。

塀の上にいる鬼瓦が、鳥かごに向かって飛ぶ――――しかしその指先は鳥かごに届かず、
鬼瓦は花畑に着地すると「クソッ」と吐き捨てた。

「あの距離じゃ、塀の上からでも届かねぇか……。でも心配するな！　俺が必ず助ける！

ちょっと待ってろ！」

「はい！　待ってます！」

鬼瓦の声に応えるシズハさんの隣で、シズカが俺を見下ろしていた。

俺を見て、静かに大きく頷《うなず》く。

――私も、待ってる……。

そう言っているのが分かった。

シズカはどんなに怖くても、騒いだりしない。シズハさんを余計に心配させたくないん

だろう。そこで我慢できるのは、シズカの強さだ。でも、早く助けてあげないと……。

俺と同じように上空を心配そうに見ていた鬼瓦《おにがわら》が、俺の隣に来た。

「……で？　なんでお前がこっちに来たのにシズハが捕まってんだよ!?」

「……お前が船の奴《やつ》らを倒すのがもっと早ければ、鳥かごが動かずに済んだんだけどな」

「この格好ちゃんと見ろよ!!　船まで泳いだんだぞ!?　船に行く時は靴も脱いでいったから、蹴りの威力は下がるし……これで最速タイムだっての！　お前がもっとちゃんと時間稼ぎしとけよ!!」

二人で睨《にら》み合《あ》う。すると、上空からシズカとシズハさんの声が降ってきた。

「ちょっと!!　二人とも喧嘩《けんか》しないの!!」

「そうですよ!!　喧嘩しないでください!!」

それを聞いて鬼瓦も俺もバツが悪くなり、互いにふいっと顔を背ける。

「……だな。俺の喧嘩の相手は、お前じゃねぇよな」

「あぁ」

本当の敵に向き合う。残っているのは胡桃《くるみ》。そして、先ほど俺の攻撃を受けて倒れた男のうちの三人が、また立ち上がって拳銃を構えていた。

命を取る気すら感じられる悪い大人を見て、鬼瓦がニヤッと笑う。

「ガキ相手に拳銃たぁ物騒なこって」

「どうする？」

「どうするって……なんか選択肢あんのか？」

「……ないな」

「じゃあ聞くんじゃねぇよ!!」

鬼瓦と俺は、ほぼ同時に駆け出した。

男たちが拳銃の狙いを定める前に肉薄し、拳銃を蹴り飛ばす。二発、弾が放たれる音がしたが、当たらない。

「鉛玉ぐれぇで、俺たちが止まると思うんじゃねぇぞ!!」

鬼瓦が嬉々《きき》として殴りかかる。だが、バチンッという音がして突然鬼瓦の体が傾《かし》いだ。

その近くには、鞭《むち》を持った胡桃。

「鬼瓦！」

鞭を喰《く》らったのか、バランスを崩した鬼瓦に向かって、男たちが一斉に拳銃を構える。

このままでは、鬼瓦が撃たれる――。

――パンッ。パンッ。パンッ。

俺は咄嗟《とっさ》に鬼瓦に飛びつき、青い花の上に鬼瓦と共に倒れ込む。放たれた弾はかすめることなく、どこかに飛んで行った。

だが、次に狙われたら終わりだ。

キツイ状況で焦る俺の手に、鋭い痛みが走った。何かと思って掴《つか》んでみると、拳《こぶし》より小さいコンクリート片だった。青い花に隠れていて分からなかったが、手で探るといくつか落ちているようだ。

「起きろ！　鬼瓦《おにがわら》！」

怒鳴りながら体を起こし、掴んだコンクリート片を男の一人に向かって投げる。渾身《こんしん》の力で投げつけられたコンクリート片は、男の一人のサングラスにクリティカルヒットしてバリンと砕いた。その勢いで、男が倒れる。

だが他の男たちがまた拳銃を構える。もう躱《かわ》せないか——!?

「——臼井《うすい》っ！　いけっ!!」

その時、いつの間にか体を起こした鬼瓦が、次々とコンクリート片を男たちに向かって投げつけた。連続で投げつけられたコンクリート片に、男たちが怯《ひる》む——その隙に、俺は男たちに突撃。一気に足払いをかけて男たちのバランスを崩し、男たちの手から離れた拳銃を奪うと海に向かって投げ捨てた。

すぐさまこちらに駆けつけた鬼瓦が、胡桃《くるみ》に殴りかかりながら言う。

「悪いッ臼井！　こいつの鞭《むち》を喰《く》らって、三半規管やられてたぜ！」

「くっ……ずっと寝てれば良かったものを！」

胡桃が鞭を振るうが、鬼瓦は躱していく。胡桃は今、鬼瓦しか見ていない。

俺は拳銃を捨てられて丸腰になった男たちの相手をしながら、胡桃に向かってさっき男のサングラスを砕いたコンクリート片を投げつけた。

「何ッ……!?」

思ってもみないほうから投石を受けた胡桃は、ぎりぎりのところで躱した。が、それによって鬼瓦への注意が削《そ》がれた。

「おうおう！　お前も喧嘩《けんか》ってものが分かってきたじゃねぇか！」

鬼瓦がその隙に、胡桃の顔を一発殴る――――が。

「…………アタシの顔に………………なに傷作ってんのよぉおおおッ!!」

胡桃が絶叫。

ふいにイヤな予感がした俺は、男たちの相手をやめて鬼瓦と胡桃のほうに駆け出す。

――視線の先で、胡桃が懐から拳銃を取り出して、鬼瓦の額に押し当てた。

――マズイ……!!

胡桃がトリガーに人差し指をかける。

咄嗟《とっさ》の出来事に、鬼瓦は…………動けない………！

――――――――――――パンッ!!

「――――なっ!?」

胡桃《くるみ》の構えていた拳銃は、宙を舞っていた。

俺に下から蹴り飛ばされ、弾道は変わり、鬼瓦《おにがわら》は無傷。

空中でくるくる回る拳銃を鬼瓦がキャッチし、塀に叩《たた》きつけた。壁に当たって、拳銃の破片が飛び散る。

「あんたたち……絶対に許さないッ！」

胡桃が再び鞭《むち》を振り回す。

暗くなると、鞭の動きが見えにくい。しかし神経が昂《たかぶ》っているからか、見えないはずの軌道がよく見えた。俺が鞭を躱《かわ》して胡桃に迫ると、胡桃は舌打ちして後ろに下がった。俺が鞭を見切っているのを察したのか、鬼瓦が叫ぶ。

「そっちはお前に頼んだ！」

「あぁ！」

鬼瓦が残った男たちに向かっていく。「どりゃあ！」という鬼瓦の気合の入った声と、男たちの「ひぃぃぃ」という悲鳴が辺りに響いた。

その時だった。

「アタシの邪魔をするんじゃないわよぉぉぉぉぉぉぉぉぉぉぉぉぉぉぉぉぉぉ!!」

胡桃が叫び、突然俺の首元に掴《つか》みかかった。両手でギリギリと俺の首を絞めにかかる。

「望んじゃいないのに男の体に生まれて、ゴウタなんて全然可愛《かわい》くない名前をつけられて、男らしくないって理由で好きな手芸もさせてもらえず大人になった。ずっと不幸だった。大人になったら絶対に自分の夢を叶《かな》えようって決意して、努力してここまで来たのよ……アタシはようやく幸せになれるの……!!　アタシの幸せの邪魔をするなぁぁ!!」

胡桃の手を引き剥《は》がそうとするが、胡桃の火事場の馬鹿力には敵《かな》わない。

「死ねぇぇぇぇぇぇぇぇぇぇぇぇぇぇぇぇぇぇぇぇぇぇぇぇぇぇぇぇ!!」

さらに力を込められ、首に胡桃の指が刺さる。

——こんな時は……!!

俺は両手を合わせて、胡桃の腕の内側に下から差し込み、胡桃の腕を突き上げる。腕を大きく回すようにすると、胡桃の手はアッサリと振り払えた。

「え………?」

胡桃が驚いたように声を漏らす。

人の手を振り払うにはコツがある。力は、技でいなす。

不測の事態に備えて勉強していた護身術が役に立った。

「お前が幸せになれない理由が分かったよ。お前は……自分のことしか考えていないんだな」

俺の言葉を聞いて、胡桃がピクリと反応した。

「自分が幸せになることしか考えていないお前が……人の幸せを壊してまで自分が幸せに

なろうとするお前が……本当の幸せを掴《つか》めると思うなよ!!」

渾身《こんしん》の力で胡桃《くるみ》に打ち付けた拳《こぶし》は、胡桃の腹にめり込んだ。

口から飛沫《しぶき》を飛ばして、胡桃が呻《うめ》く。

よろめいてふらふらと歩いた胡桃は、壁に背中をぶつけてそこでズルズルと座り込んだ。

「お前ら……バケモンか……?」

鬼瓦《おにがわら》のほうにいた男が、地面に這《は》いつくばりながら言った。仁王立ちで鬼瓦が笑う。

「俺は鬼で、あっちは魔王よ。俺たちを止めたかったらバズーカ砲ぐらい持って来い!!」

「人を魔王とか言うな」

俺がツッコむと、鬼瓦が急に真顔になって応じる。

「魔王じゃねぇか。魔王オーラが漂ってるぞ」

「魔王は悪だろ? なんで悪い奴《やつ》をやっつけて魔王とか言われなきゃいけないんだ」

「じゃあ覇王?」

「………………もういい」

鬼瓦と話していても時間が無駄になるだけだ。俺は話を切り上げ、胡桃に近づいた。

「──もう終わりだ、胡桃」

胡桃は壁際に座り込み、抜け殻のように茫然《ぼうぜん》としていた。

もう奴に手立てはないはずだ。船の仲間は全員鬼瓦が倒した。クレーンを動かすことができないから、シズハさんを誘拐することはできない。こちら側にいる仲間も全滅。

胡桃の野望は、潰《つい》えた。

「……なんで上手《うま》くいかないのかしらね。人生って……」

ポツリと胡桃が呟《つぶや》いた。

「遊園地であなたの彼女とお嬢様を見間違えたのが一番の敗因かしら……あれがなければ……アタシの計画に、坊やが登場することなどなかったのに……」

海のほうから風が吹いてきて、鳥かごが揺れる。

鳥かごにいるシズカとシズハさんが、手を握り合って無言で俺たちを見下ろしているように見えた。俺たちの闘いと胡桃の結末を、どんな気持ちで見守っていただろうか。

早く降ろして安心させてあげたい。

「鳥かごを動かすには、一回船まで戻るしかなさそうだな。俺が行ってくる」

鬼瓦がそう言うから、俺は「分かった」と言って頷《うなず》いた。

だが鬼瓦が海側の塀に向かおうとしたその時、胡桃がニヤッと笑った。

「その必要はないわ」

胡桃の手には、何かスイッチのようなものが握られていた。

直感的に俺と鬼瓦が胡桃を止めに走る。が、それより早く胡桃がスイッチのボタンを押した。

ピピピピッと電子音がして、すぐに音が止《や》む。そして胡桃《くるみ》は、そのスイッチを海に向かって投げ捨てた。

すぐ鳥かごを見るが——何も変化はない。

鬼瓦《おにがわら》が胡桃を地面に押し倒し、馬乗りになって胸ぐらを掴《つか》んでいた。

「何をした⁉」

鬼瓦の下で胡桃はアハハハと壊れたように笑った。

「時限式落下装置のボタンを押したの‼ あと三分で、鳥かごが落ちるわ！ 取引相手がおかしな真似《まね》をした時に、脅そうと思って用意したギミックだけど、まさかこんなタイミングで使うことになるとはね……！ リモコンは海に捨てた！ もう解除はできないわ！ざまぁみなさい‼ アハハ‼」

「クソッ！」

鬼瓦が胡桃の顔を殴りつける。

「鬼瓦！ 時間がない！ それより先に、鳥かごの鍵だ！」

「こいつが持ってんのか⁉」

今の鬼瓦の怒りの一発で胡桃は気絶したらしい。ぐったりした胡桃の服をまさぐり、鬼瓦が鳥かごの扉の鍵を取り出す。

「これか！」

「貸せ！」

俺は鬼瓦から鍵を受け取ると、上空にいるシズカに向かって呼びかけた。

「シズカ！　聞こえる⁉」

「聞こえる！　さっき胡桃さんが言っていたのも聞こえてた！　どうすればいい⁉」

シズカの声は固いが、落ち着いていた。おそらく、隣にいるシズハさんのためにも自分がしっかりしなくちゃいけないと気丈に振舞っているのだろう。

そして迷わず俺に、どうすればいいか聞いてくれた。シズカは俺を信じてくれている。

俺なら何とかしてくれると信じている。

――大丈夫……絶対に、何とかする。

自分の気持ちを落ち着けるために「ふぅ」と短く息を吐くと、大きく息を吸ってシズカに向かって言った。

「今から、鍵を投げる！」

「分かった！」

助走をつけて、握った鍵を天高く投げる。

キンという音がして、すぐにシズカが声を上げた。

「鍵、届いたよ！　今、扉を開ける！」

鍵は無事にシズカの手に渡った。シズカが鳥かごの扉に近づき、鍵を開ける。

上空で扉がキィィッと開いて、その重みで少し鳥かごが傾いた。

「ドアを開けて、一体どうするのです!?」

シズハさんの泣きそうな声が響く。

シズハさんの言いたいことは分かる。扉を開けたところで、そのまま出られる高さではない。しかし、迷っている暇はない。鳥かごに入ったまま落ちれば、受け止められない。

そう——受け止めるには、扉から出てもらうしかない。

俺は鳥かごの下でシズカに呼びかけた。

「シズカ！」

「何？」

「飛んで！」

暗いせいではっきりと見えないが、さすがにシズカの顔が強張《こわば》ったように感じた。

「受け止めるから、飛んで！　シズカ！」

手を広げてシズカに向かって伸ばす。

シズカは扉の近くに寄り、そこから俺を見下ろしていた。

海から吹いてくる風で、シズカの髪とスカートがなびく。

なんとなく、このままシズカがどこかに飛んでいって消えてしまいそうな気がして、俺の胸の辺りがじりっと痛んだ。

◇

「受け止めるから、飛んで！　シズカ！」

アキラくんの声を聞いて、思わず顔が強張った。

――だよね……鍵を投げるって聞いた時から、こうなる予感はしていた……。

鉄の鳥かごの中で落ちるよりは、安全なのかもしれない。でも本当に大丈夫なのかなんて、私には全然分からない。この方法じゃ、私だけでなく、下で受け止めてくれるアキラくんまで大怪我《おおけが》するかもしれない。

でも、アキラくんは私を受け止めようと手を伸ばしている。

迷っている時間はない。

アキラくんが飛んでと言うなら――飛んでいいんだ。

私が飛び降りようと扉の近くに寄ると、シズハさんが私の腕を掴《つか》んで引き止めた。

「危ないです！　高いですよ！　シズカさん！」

確かに高い。怖い。

アキラくんのいる地上を見下ろしてから、ふと横のほうを見ると、そこには夜になっても夢と光にあふれたネコオカランドが広がっていた。夜のパレードの音楽が鳴り響き、地上に長い光の列が見える。さらに遠くのほうでは、ライトアップされたジェットコースターがお客さんを乗せて、キラキラした流れ星のように走っていた。

――対して、私たちの乗っているアトラクションはライトアップ一つされず、安全性も確認されていない。そろそろ私も、普通にネコオカランドを楽しみたいんだけど……。

なんでこうなっちゃうかな……と思ったら、笑えてきた。

いきなり笑った私を、シズハさんが心配そうに見ている。恐怖のあまりおかしくなってしまったように見えたかもしれない。

私は一度シズハさんに振り返って、ぎゅっと抱きしめた。

「ねぇシズハさん……今度は私とアキラくんと、シズハさんと鬼瓦《おにがわら》くんの四人でダブルデートしませんか？　場所はネコオカランドで。護衛は一人も要らない。だって、アキラくんと鬼瓦くんの二人がいれば百人力でしょう？」

「シズカさん、大丈夫です。本当に、飛ぶんですか？」

「うん、大丈夫です。アキラくんなら、私をちゃんと受け止めてくれる……だからシズハさん……先に行きますね」

時間は少ない。

私が飛んだ後、シズハさんも飛ばなきゃいけない。

私はもう、迷っている姿は見せられない。

私が迷っていたら、シズハさんが怖くて飛べなくなる。

……シズハさんを想《おも》う気持ちが、私の心を落ち着かせた。

「シズカ！」

地上でアキラくんが呼んでいる。

——考えるな。私はただ、アキラくんのところに行くだけ。

虚空に向かって身を乗り出すのは怖い。本能が、それは危険な行為であると訴える。

でも、行くしかない——！

スッと落ちていくのと同時に、血の気が引くぞわっとした感覚がした。

——アキラくん……！

私にはもう、何もできない。落ちるしかない。

私の体に『死』という巨大な冷たい手が伸びてきて、私を覆い、掴《つか》もうとしているようだ。

怖い。落ちる。落ちたら、痛い？　——死ぬ？

一瞬のような、永遠のような不思議な時の中、いろんな考えが浮かんで消えていく。このまま自分が自分であることを忘れて、消えていきそうになる————。

————意識が途切れそうになった時、体に重い衝撃を受けた。反射的に目を閉じて、次々と襲い掛かる衝撃に耐える。それがどういう状況か理解する間もなく、息もできない。

──私、どうなったの……？　生きているの？　アキラくんは……？

体が上手《うま》く動かせない。あちこち痛い気がするが、痛いってことは……生きているんだろうか？

「シズカ！　大丈夫⁉」

その時、すぐ近くでアキラくんが叫ぶ声がして、私はハッと目を開ける。

アキラくんの顔が見えた。私は……アキラくんに抱きしめられている？

荒い呼吸をするアキラくんの髪から、青い花がはらりと落ちてくる。よく見ると、私もアキラくんも青い花まみれだった。

──そっか。アキラくんは私を受け止めて、勢いを殺すためにネコフィラの上を転がったんだ……。

柔らかな青い花たちが、クッションのような役割を果たしてくれたのだと察する。

「だい、じょう……ぶ」

体中の筋肉が強張《こわば》っていて、口がうまく動かない。でも、辛うじて返事ができた。

私の返事を聞くや否や、アキラくんが叫ぶ。

「鬼瓦《おにがわら》！」

「分かってる！　シズハ！　お前も来い！」

アキラくんと鬼瓦くんの声を聞き、私は慌てて上空の鳥かごを探した。

助かったと安堵《あんど》するのにはまだ早い。

鳥かごにはまだシズハさんがいて、鬼瓦《おにがわら》くんが地上で両腕を広げていた。

「無理です！　こんな高さから飛んだ人を受け止めたら、あなたが死んでしまいます！」

泣きそうな声でシズハさんが叫んだ。

そんなシズハさんに、鬼瓦くんが叫び返す。

「あいつは死ななかっただろ！　俺も今、やり方分かったから大丈夫だ！　飛んでキャッチして、その後めっちゃ転がる！　任せとけ！」

「そ、そ、そんな簡単なものじゃないでしょう⁉　不可能です‼　人間業じゃないです‼」

シズハさんはまだ飛ばない。

胡桃《くるみ》さんがスイッチを押して、もうどれくらい経《た》ったか分からない。きっともうすぐ、鳥かごは落ちてしまう。早く飛ばなくては、時間がないのに。

上空で動けないでいるシズハさんを見て、地上にいる私たちの緊張感もピークだった。

見えないタイムリミットに、焦りが募る。心臓が握り潰《つぶ》されるようで、苦しい――。

「――それが人間じゃできねぇ業だって言うなら、俺は今すぐ人間を辞める‼　俺は人間じゃねぇ‼　鬼だ‼　だからシズハ一人くらい簡単に受け止められるんだよ‼」

鬼瓦くんの力強い叫びは、空気を振るわせた。

「俺を信じろ！　お前のために今まで鍛えてきた！　強くなった！　必ず、受け止める!!」

——その時、ピピピピと電子音が鳴って、鳥かごの留め具が外れた。

思わず私は、アキラくんの腕を強く掴《つか》む。

「シズハさん——!!」


——ズドォォォォォォォォォォンッ!!


鳥かごが落下し、地面に叩《たた》きつけられる激しい音。

見ていられなくて、私はアキラくんの胸に顔を埋《うず》めて目を瞑《つぶ》った。

心臓が痛い。イヤだ。怖い。

自分が鳥かごから飛び降りる時より、怖くて、怖くて堪《たま》らなかった。

「シズカ」

名前を呼びながら、私の背をアキラくんがゆっくり撫《な》でる。

「シズカ……落ち着いて」

私はアキラくんにしがみついて、ふるふると首を横に振った。

無理。もう落ち着けない。もう強がれない。

「大丈夫だよ、シズカ……シズハさんは、無事だよ」

アキラくんの声を聞いて、私はぼんやりした頭で顔を上げた。

「え？」

「シズハさんはちゃんと飛んだよ。鳥かごが落ちる前に。それで鬼瓦《おにがわら》は、ちゃんと受け止めたから……ほら」

――シズハさん……無事⁉

私は慌てて体を起こして、シズハさんの姿を探した。すると、同じくネコフィラ畑の上に転がっているシズハさんと鬼瓦くんを見つけた。二人とも、やっぱり青い花まみれだ。

シズハさんは……鬼瓦くんの腕の中で泣いていた。

「お、おい……。無事だったんだから、泣くんじゃねぇよ……」

「うぅ……」

「な、なんだ？　もしかして、どこか痛いのか⁉　俺が受け止めるの下手で、怪我《けが》したか⁉」

「違います……」

「あぁもうじゃあなんで泣いてるんだよ⁉」

鬼瓦くんは泣いているシズハさんを抱きしめながら、困り果てた様子だった。

「シズハに泣かれんのが一番身に堪《こた》えるんだよ……頼むから、なんで泣いてんのか言ってくれ……」

シズハさんはすすり泣きながら、か細い声で言う。

「わたくしは――あなたに会えて、嬉《うれ》しくて泣いているのです」

「……そう、か」

「ジョウ……やっと会えた。あなたに、ずっと、ずっと会いたくて……わたくしは……わたくしは……」

「分かった……分かったから……やっぱり泣くのは勘弁してくれ……」

シズハさんと鬼瓦《おにがわら》くんの声を聞きながら、私とアキラくんはゆっくり体勢を直す。ようやく私も呼吸が落ち着いてきて、緊張で固まっていた体も動かせるようになっていた。

でも心臓はまだバクバクしたままだ。

すると、私の背中に温かいものが触れた。

花畑に座ってじっと私を見ているアキラくん。触れたのは、アキラくんの手だ。

私はようやく重要なことを思い出して、アキラくんの両頬《りようほお》に手を添えて叫んだ。

「アキラくん！　怪我《けが》は⁉」

「え？」

「私を受け止めた時、怪我してない⁉　大丈夫⁉　どこか痛む⁉」

「うーん……いや……平気。どこも折れてないと思うし」

「折れてなければ平気ってことじゃないよね⁉　えっと、まずは救急車⁉」

「シズカ。本当に大丈夫だから……救急車を呼ぶのは後にして、ちょっと休ませて」

慌てている私を宥《なだ》めようと、アキラくんが微笑《ほほえ》む。

「シズカこそ、大丈夫？」

「私は……なんか、思ってたより、大丈夫そう……」

「なら、良かった」

——……あんな高さから落ちてくる私を受け止めて、いくらアキラくんでも無傷ってわけにはいかない……。なのに、どうしてそんな風に笑っていられるの？

胸が詰まって、一瞬言葉が出なくなった。

でも、伝えたい言葉はたくさんあって、震える声を何とか絞り出す。

「助けてくれてありがとう、アキラくん。いつも……私のために無茶《むちゃ》してくれて。……本当は、無茶なんてしてほしくないんだけど、私が無茶ばっかりさせちゃってるよね……」

言いながら、泣きそうになってしまった。

緊張の糸がだんだん解《ほど》けてきたせいで、気と共に涙腺まで緩んできたようだ。

一歩間違えれば、アキラくんだって大怪我したはずだ。落ちてきた人の下敷きになって亡くなる話をよく聞く。いくらアキラくんが強くても、アキラくんの命は一つしかない。

心配性のアキラくんなら、高いところから落ちてくる人を受け止めるのは、自分の命を危険にさらす行為だと分かっているはずだ。なのに、アキラくんは扉が開くとすぐに言った——飛んで、と。

その瞬間、アキラくんは私を受け止める自信があるのだと感じた。だから、私は飛んだ。

——でも、仮に私がその二倍の高さにいたとしても、アキラくんは迷わず飛んでと言ったかもしれない。私を助ける自信があって、自分が助からない予感があっても。

そう考えて、急に怖くなった。

アキラくんはいつか、私を守るためにとんでもない大怪我《おおけが》をしてしまうんじゃないかって、怖くなった……。

「アキラくん……私より先に、いなくならないでね」

堪《こら》え切れず、ポロポロと涙が溢《あふ》れる。優しいアキラくんにこれ以上私の心配をさせたくなくて、精一杯口元に笑みを作るけど、ダメだ。上手《うま》く、笑えない……。

「————約束する」

アキラくんが、私を抱き寄せた。

落下して地面に転がった時より強く、グッと抱きしめられる。

「……飛んでって言った時、俺を信じて飛んでくれてありがとう。俺も、シズカに無茶《むちゃ》させたと思ってる。怖かったと思う。迷っている時間がなくて、辛《つら》かったと思う。でも、シズカが飛んでくれて……俺は嬉《うれ》しかった。シズカが俺を信じてくれて、嬉しかった」

風が吹いて、ネコフィラの花が一斉に揺れた。ネコオカランドの隅っこにいる私たちのところにも、パレードの最後を飾る花火の音が響いてくる。

以前ドリームキャッスルで花火を見ていた時にも、アキラくんに抱きしめられていたっけ……とぼんやり思い出した。あの時は幸せな気持ちでいっぱいだった気がするのに、どうしてか、今は胸が塞がるような苦しさでいっぱいだった。

こんなに強く私を抱きしめて、どこか痛くないのだろうか。

私は痛かったら痛いと言ってしまうし、悲しかったらすぐ泣いてしまう。これでも時と場合によって我慢できるほうだと自分では思うけど、アキラくんと比べるとうるさいくらい騒いでいるように思える。

アキラくんは、痛みや苦しみをあまり表に出さない。我慢強いと思う。

しかしもう身が砕けそうなほど痛くても、アキラくんは意識を失う直前まで私に心配かけないように微笑《ほほえ》んでいそうで……怖い。

「シズカより先に、いなくなったりしない。必ずシズカを守るけど、無理なことはしない。だから……今度また俺が無茶なこと言っても、信じてほしい」

そう言ってくれるアキラくんの腕の中で、私は漠然と考える。

またいつか、こんな無茶な目に遭うのだろうか。

ただアキラくんと普通に学校で勉強して、普通に放課後デートできるような毎日で充分なのに。代わり映えしない、最近何もなくてちょっと退屈だねって笑い合えるくらい、平和な日常で構わないのに。

――あぁ、もっと強くなりたいなぁ……。

私なんかよりずっと強いこの人を、ちゃんと守りたい。

アキラくんは誰より喧嘩《けんか》が強いし、常人離れした身体能力を持っている。けれど、アキラくんから感じる危うさを私は無視できない。アキラくんは私を守るために、自分を犠牲にすることを厭《いと》わない節がある。私がアキラくんに甘えていたら、アキラくんはどんどん危険を冒すだろう。

アキラくんを信じるけど、過信しちゃいけない。

いざという時は止めなきゃいけない。

それが自分の役目のように感じられて、切なくなった。

――その後、シズハさんはお父さんに連絡。ネコオカランドには警察が来て胡桃《くるみ》さんたちを連行。シズハさんと鬼瓦《おにがわら》くんとアキラくんと私の四人は、シズハさんのお父さんの指示で、救急車に乗って近くの大学病院に搬送された。

私とシズハさんは、花の中に転がった時の衝撃であちこち擦りむく程度の傷だった。

鬼瓦くんとアキラくんも『大丈夫』と主張したが、シズハさんの命令で無理矢理《むりやり》精密検査を受けさせられた。……結果、『頭と内臓と骨に異常なし』と言われ、現在、処置室で各所打撲と捻挫《ねんざ》と擦り傷切り傷の手当てを受けているところだ。

「――ったく、こんなに大げさに包帯巻くとかアホか!?　大した傷じゃねぇって言ってんのによぉ!!」

「こら！　ジョウ！　治療をしてくださる皆さんにアホとか言うんじゃありません！」

「だ、だ、だ……だってよぉ……」

シズハさんに窘《たしな》められると、鬼瓦くんはすぐにしゅんとして爪と牙をしまう。さっきからずっと二人はそんな調子で、鬼瓦くんに処置をしている看護師さんは慣れてきたのか笑っている。

「鬼瓦くんとシズハさんって、本当に仲が良いんだね。四年ぶりに会ったとは思えない感じするよ」

「そうだね」

鬼瓦くんの隣の椅子に座って、アキラくんは大人しく手当てを受けている。明るい病室で改めて見ると、アキラくんの腕や脚には青紫になっているところがいっぱいあって、見ているだけで自分の体もズキズキしてきた。

この中にはきっと、今日できた傷じゃないものも含まれているだろう。……たとえば、鬼瓦《おにがわら》くんといろいろあった時の傷とか。そう考えると鬼瓦くんの怪我《けが》も、今日負ったものだけじゃなさそうだ。

ペタペタとアキラくんに湿布を貼っていく看護師さん。血の出ている傷には消毒液を塗って、ガーゼを置いて、ピッピッとテープで留めていく。

怪我した時にはこうやって処置するんだなぁ……と熱心にその手際を見ていると、看護師さんがクスッと笑った。

「彼氏くんがヤンチャだと、いろいろ心配になっちゃうでしょ？」

「え？　あ、えっと……彼は、ヤンチャとかじゃないんです。ただ巻き込まれているだけで、本当に普段は真面目で大人しい普通の男子高校生なんですよ」

アキラくんの名誉のために一生懸命フォローすると、看護師さんが微笑《ほほえ》ましいと言いたげな笑みを浮かべた。ちょっと恥ずかしくて、私の顔は熱くなる。

するとその時、処置室のドアが開いて、威厳のあるスーツ姿の男性が入ってきた。

「失礼するよ」

「お父様……」

隣の椅子にいる、シズハさんと鬼瓦くんに緊張が走る。

シズハさんのお父さん……千天寺《せんてんじ》財閥当主のご登場に、処置を終えた看護師さんたちが慌ただしく片づけをして部屋を出ていった。

部屋は、私たちとシズハさんのお父さんの五人だけになる。

シズハさんのお父さんは、私たちを見るとふぅと溜《た》め息《いき》をついた。

「何から話せばいいか分からないな……」

シズハさんのお父さんからしてみれば、今夜は驚きの連続だっただろう。部屋にいると思っていた娘が、ネコオカランドで誘拐されそうになっていて、犯人は娘につけていた護衛の男だという。警察と自分の護衛を引き連れて慌ててネコオカランドに行ってみれば、既に犯人グループは気絶しており、娘と一緒にいるのは最近知り合ったという友達が二人と昔自分が引き離した男。

こんなに一気に情報が押し寄せれば、シズハさんのお父さんが混乱するのも無理はない。

「君は……鬼瓦ジョウだったね？」

シズハさんのお父さんは、静かな声で鬼瓦くんに言った。

「はい……お久しぶりです」

鬼瓦くんは固い声で答えた。

「お父様、ジョウはわたくしを助けてくれたのです！　もしジョウがわたくしを助けてくれなければ、わたくしは売り飛ばされるか……もしくはあの鳥かごと一緒に地面に叩《たた》きつけられておりました。わたくしは、無事ではなかったでしょう！」

「シズハ。その話は、ネコオカランドでも聞いたよ。もう、分かっている。彼にシズハが救われたことは、な。だが、まずどうして、シズハのピンチに彼が駆けつけられたのかを聞いていない。どうしてお前たちはネコオカランドにいたんだ？」

「わたくしが、どうしてもジョウと会いたくて……ジョウの行方を捜し、連絡を取り、ネコオカランドに呼んだのです。シズカさんと臼井《うすい》くんは、わたくしがネコオカランドでジョウに会うための協力を頼みました」

「今日シズハがネコオカランドに行かなければ、こんな目に遭うこともなかったんじゃないのか？」

「そ、それは……」

「それは違います！」

三人の会話に入っちゃいけないと思っていたけど、つい私は口を挟んでしまった。

シズハさんのお父さんが私を見る。

もう今さら後に引けないと思って、私は続けた。

「胡桃《くるみ》さんは……シズハさんが今日ネコオカランドに行く予定がなければ、自分が理由をつけてシズハさんをネコオカランドに連れていくつもりだったと言っていました。もしシズハさんと胡桃さんが二人でネコオカランドに行っていたら、誰も……シズハさんを助けられなかったと思います」

シズハさんのお父さんは、「そうか」と呟《つぶや》いて頷《うなず》いた。

「胡桃がそのような人間だと見抜けず、シズハの一番近くに置いていた私にも責任がある。いずれシズハが危険な目に遭わされる可能性があったのなら、確かに、君たちが今日一緒だったのは幸運だったと言えるのだろうな……」

胡桃さんの裏切りに、シズハさんのお父さんも少なからずショックを受けたようだ。

黙ってしまったシズハさんのお父さんに、鬼瓦《おにがわら》くんが切り出した。

「何か一つ極めて、天下を取るまでシズハと会わないという約束を破って、申し訳ございません……」

立ち上がって、鬼瓦くんは深々と頭を下げた。みな、頭を下げた鬼瓦くんに注目する。

「俺はまだ、何も極められていません。喧嘩《けんか》で天下を取ろうとしていましたが、最近どうしても勝てない相手に出会ってしまったばかりで……俺はまだ、中途半端なままです」

シズハさんのお父さんは鬼瓦くんに近寄って、肩にそっと手を置いた。

鬼瓦くんはピクリと反応したが、まだ頭を下げたままだ。

「顔を上げてほしい、ジョウくん」

ゆっくりと、ぎこちなく、鬼瓦くんが顔を上げる。

少し驚いたような顔をしている鬼瓦《おにがわら》くんに、シズハさんのお父さんは眉を下げて微笑《ほほえ》んだ。

「お礼を言うのが遅くなってしまったな。何より先に、君にこれを伝えなくてはいけなかったのに……後回しにしてしまったことを申し訳なく思う」

そう言って、今度はシズハさんのお父さんが深く頭を下げた。

「シズハを、助けてくれてありがとう……」

それから、シズハさんのお父さんは私とアキラくんに向かって言った。

「シズカさんと……アキラくん、だったかな」

「はい」と私は答える。アキラくんは無言で頷《うなず》いた。

「シズカさん、アキラくん、二人も……シズハのためにありがとう」

私たちにも頭を下げるシズハさんのお父さん。私たちも慌てて頭を下げる。

シズハさんのお父さんの、シズハさんを大事に想《おも》う気持ちが伝わってきて、胸が温かくなった。

感謝の気持ちを伝えたシズハさんのお父さんは、今度はまた鬼瓦くんと向き合った。

「君はまだ、シズハが好きか？」

「……好きです」

迷いなど一切ない返答。

シズハさんのお父さんは、目を閉じて深く頷いた。

「君はまだ、自分が中途半端なままだと言ったな」

「はい……」

「君がシズハを想う気持ちは、中途半端か？」

「いいえ！」

「私も今回の件で、君がシズハを想う気持ちは中途半端なものじゃないと分かった」

シズハさんのお父さんが、鬼瓦くんを見て微笑んだ。

「自分の命を顧みず、シズハを救ってくれた勇気は並大抵のものじゃない。君にはシズハを守りたい強い気持ちがあり、シズハを守り抜く力があった。これまで君がシズハを想って辿《たど》ってきた道が、今日のシズハを救ってくれた。君の想いは本物だと認めたい……」

「それでは、お父様……わたくしとジョウが一緒にいることを、お許しいただけるのですか？」

と、シズハさんが言った。

するとシズハさんのお父さんが、シズハさんの髪についていた青い花をそっと払いながら言う。

「あぁ……二人に愛し合う気持ちがあるのなら……交際を認めよう」

シズハさんがハッとして立ち上がって、お父さんに抱きついた。

「お父様……！　ありがとうございます！」

「命懸けでお前を守ってくれた男の気持ちを、私も無下にはできない。あとはお前の頑張り次第だ。お前が彼を、千天寺《せんてんじ》家の娘の交際相手として相応《ふさわ》しい男にしてあげなさい」

「はい！　もちろんですわ！」

嬉《うれ》しそうなシズハさんが、今度は鬼瓦《おにがわら》くんに抱きつく。

「結婚しましょう！　ジョウ！」

「はぁ!?　シズハのお父さんは交際って言ってんだから、結婚は早すぎるって！　俺たち今日、四年ぶりに再会したばっかだし、まずはお互いの近況報告から始めて……」

「そうですね！　ではまずはこの四年間、ジョウがどこで何をしていたのか教えてくださいな！」

「あ？　あぁ、分かったから……その、後でな」

「えぇ!?　今すぐちょっとは教えてください！」

ニコニコしているシズハさんに押し切られ、鬼瓦くんがポツポツとヤンキー狩りの日々を報告する。すると次第にシズハさんの笑顔が凍り付いていき、やがて……怒りだしてしまった。

「ジョウ！　いくら天下を取るためとはいえ、人を傷つけるのはダメよ！」

「いや、喧嘩《けんか》ってそもそもそういうものだし……」

「問答無用です！　一緒に今まであなたが傷つけた人たちに謝りに行きますからね⁉」

「え？　一緒にって……？」

「わたくしも謝りに行きます‼」

「えぇ⁉　そんな――えぇぇぇぇ⁉」

やはりこの二人のバランスは絶妙だなと思いながら、私とアキラくんは微笑《ほほえ》みあった。


病院からの帰り際、シズハさんが言った。

「シズカさん、臼井《うすい》くん。本当にありがとうございました。二人と出会わなければ、わたくしはこうしてジョウと一緒にいる夢を叶《かな》えることができなかったでしょう。これから時間をかけて、たくさんお礼をさせてください」

私とアキラくんを家まで送るのに、シズハさんのお父さんが車を手配してくれて、私たちはその車に乗っていた。運転席には、千天寺家に仕える運転手さんがいる。

開いている窓から、私はシズハさんに返事をした。

「お礼とか、気にしなくていいです。ただ、よかったら今まで通り、メッセージのやり取りをしたり、一緒に遊びに行ったりさせてください」

「シズカさん……ありがとう」

窓から手を差し入れて、シズハさんが私の手をぎゅっと握った。そして、そっと顔を近づけて、私の耳元で囁《ささや》く。

「それから……これから先輩彼女のシズカさんに、いろいろ教えていただきたいと思っていますので、よろしくお願いしますね？」

「え？」

先輩彼女？

確かに私のほうがアキラくんと交際している期間は長いけど、いろいろって……。

「ちなみに、もうキスはしたんですか？」

「え⁉」

シズハさんの際どい質問に、変な汗が出てきた。

「シズハお嬢様、そろそろ出発しませんと、この時間帯は道路が混みますので……」

「あら！　そうでしたね。その話はまた今度で」

運転手さんに言われて、シズハさんが会話を切り上げる。

口元を手で押さえて上品に微笑《ほほえ》むシズハさんに見送られて、車は帰路に着いた。

——まだ、してない……と言えなかった。

気まずい気持ちを抱えて車に揺られていると、アキラくんが話しかけてくる。

「——最後、シズハさんに何か言われたの？」

「ふぇっ⁉」

驚きすぎて変な声が出てしまった。聞いたらまずいことを聞いてしまったと思ったのか、アキラくんが小さな声で「ごめん……」と言う。

「シズカの顔が赤い気がしたから……気になったんだけど」

「あ、いや、謝らなくていいよ！　ただ、なんか……」

『キスはしたんですか？』って聞かれたんですよね……とは言い出せず、どうやって誤魔《ごま》化《か》そうかと悩む。

夜の道を走る車の中は静かで、運転手さんは黙って運転するだけ。こちらの会話は聞いていない振りをしてくれている。私とアキラくんがどんな話をしていても、反応しないでくれるんだろうけど、アキラくんに向かってこの話題を振るのは恥ずかしいし……。

しばらく黙って悩んでいると、私の肩にトンとアキラくんの頭がぶつかってきた。ぶつかってすぐにアキラくんはハッと体を起こしたが、また頭が徐々に傾く。

――アキラくん……眠そう。

「寄りかかってもいいよ？」

「……重くないかな？」

「大丈夫。遠慮しないで」

「ありがとう……」

よほど疲れたんだろう。アキラくんが私に素直に寄りかかる。

耳にさらさらしたアキラくんの髪が触れてちょっとくすぐったい。でもそこは我慢した。もはや、そんな感触すら愛《いと》しいと思える。

珍しく甘えてもらっているような気がして、嬉《うれ》しかった。

「――申し訳ございません、シズカさん。道が混んでおりまして、帰りつくまでに少々お時間がかかりそうです」

突然、運転手さんが私にそう言った。

「……ゆっくりで、大丈夫です」

私に寄りかかったまま寝てしまったアキラくんを見ながら、返事をする。

帰る前、シズハさんのお父さんが私とアキラくんのお母さんに連絡してくれて、事件のことと、今から車で送って帰る旨は説明してくれた。きっとお母さんも心配しているだろうし、早く帰って安心させてあげたかった。

でも、この寝顔を見てしまったら、もう急いで帰らなきゃとは思えない……。

――膝《ひざ》を貸してあげれば良かったかなぁ。そっちのほうが、寝心地が良かったかもしれない……。

スースーと規則正しい寝息を聞きながら、私も目を閉じる。

シズハさんの想《おも》い人《びと》探しと鬼の男に狙われる事件が結びつき、シズハさんと鬼瓦《おにがわら》くんの再会が叶《かな》った。二人はシズハさんのお父さんに認められて、長年の夢を果たした。

もう全部終わったんだ……と思うと、私も眠くなってきた。

「私たちもずっと、一緒にいられたらいいね……」

小さな声で囁《ささや》く。

きっと聞こえてない。でも、言いたかった。

毎日毎日、好きって気持ちが強くなる。昨日より今日、今日より明日のほうが、ずっとあなたを好きだと思う。

こんなにどんどん好きになっていって、その先には一体何が待っているんだろうか。私とアキラくんは……一年後、二年後……どうなっているんだろう。

考えている途中で、私も眠りについてしまった。

シズカ…
キスしてもいい…?
ひゃあああ!!
ガバ
すごい夢見ちゃった…
シズハさんが
もうキスはしたんですか?
とか言うから…
…でも
もし私がアキラくんにキスしたらどんな反応するんだろう…
イメージ画像①
…ッ
かああああ
シ シズカ…
ふああああああ
イメージ画像②
…いきなりこんなことして
もしかして俺のこと煽ってるの…?
ズイッ
真面目な委員長はパシられ陰キャにキスしたい件

第六章　パシられ陰キャに、お見舞いが来た件

◆

五月はいろんなことがあったと思ったけど、六月もなかなか内容の濃い月になった。

六月の第一週の日曜日に、彼女になったシズカと初デートして、人違いで物騒な人たちに追いかけられてえらい目に遭った。その後、ヤンキー狩りをしている鬼の男に目をつけられ、トラックの冷凍庫に閉じ込められるし、河原で喧嘩《けんか》しなくちゃいけなくなるし……。極めつけは、千天寺《せんてんじ》家のお嬢様の誘拐事件にシズカが巻き込まれて、命懸けでシズカを助けた。

何があってもシズカを守るって気持ちがあるし、いざという時はシズカを守ることしか考えていない。でも心配性な俺は、ふとした時に思うのだ。

——次に何かあった時、俺はちゃんとシズカを守れるのか？

その不安が、俺をさらに鍛錬の道へと走らせる。

不測の事態に備えて、知識を蓄えて体を鍛える。今度何かあった時に、またシズカを守れるように、心身の準備をする。

……最近、時間があればいつも、そんなことしか考えていないような気がする。

今日は、シズハさん誘拐未遂事件から一週間後の土曜日。疲れが出たのか、俺は熱を出していた。体温は三十七度五分。頭にモヤがかかっているみたいでボーっとする。

ベッドに仰向《あおむ》けに転がったまま、両手を上に突き出した状態で本を読んでいたが、いつもより腕が怠《だる》くて、気を抜くとすぐに腕を下ろしたくなる。この体勢で本を読むと、イイ感じに腕が鍛えられるんだが……今日は無理をしないほうが良さそうだ。

チラッと枕の横を見ると、スマホが目に入った。そしてシズカのことを思い出す。

二時間ほど前にシズカからメッセージが来て「アキラくん、今日は何をしているの？」と聞かれたから、熱が出て寝ていることを伝えた。俺に熱がなければシズカに会えたかもしれないのに……残念だ。

――ピンポーン。

呼び鈴の音が鳴って、体を起こす。確か今、家族は全員出掛けていて、家には俺しかいないはずだ。宅配便だったら、俺がいるのに持ち帰ってもらうのも申し訳ない。

いつもより重い体を無理矢理《むりやり》動かして、二階の自室から一階に降りる。インターホンのモニターを確認しに行くと――モニターに映っていたのは、シズカだった。

モニター越しに声をかけるのも忘れて、俺は急いで玄関のドアを開けた。

「シズカ？」

「あ、アキラくん。大丈夫？　お見舞いに来たんだけど……連絡なしに来ちゃって、ごめんね」

玄関先には、困った顔で笑うシズカがいた。腕に買い物袋を提げている。いつも髪を二つ結びにしているシズカが、今日は髪をサイドで一つ結びにしていて、たったそれだけの変化でドキドキしてしまった。

「それは……大丈夫」

「あはは……良かった。買い物したついでに渡しに行きたくなっちゃって、行こうか行かないか迷いながら歩いていたら、連絡しないままここまで来ちゃったんだよね。迷惑だったら、渡してすぐ帰ろうと思っていたんだけど」

「ううん、迷惑じゃ、ない」

「あの……お母さん、いる？　せっかくだから……ご挨拶したいな」

「今、家に俺しかいないんだ……」

「あ、そうなんだ……熱、大丈夫？　良かったら、お家《うち》の人が帰ってくるまでそばにいようか？」

「え？」

普段滅多《めった》に風邪をひかないし、熱を出したのも数年ぶり。熱を出すのってこんなに怠かったっけと少々弱気になっているところに、「そばにいようか？」なんて言われると……ぐらつく。

「また最近いっぱい助けてもらっちゃったし、こういう時こそ頼って！」

「でも、俺、熱あるし……うつったら良くないし……」

「風邪っぽいの？」

「そうじゃないけど……」

「じゃあきっと、疲れが出ちゃったんだね。きっとうつらないから、アキラくんの疲れが早く取れるようにお手伝いさせて！　ね？」

　家に俺と二人きりになってしまうことに、シズカは不安を感じないのだろうか。……きっと感じていないのだろう。俺の看病をするって使命に燃えているようで、学校でクラスメイトの面倒を見ている時のような、キリッとした顔をしている。

　ここでシズカを家に入れるのは、良くないことだ。良くないことだと思いながら……熱のせいで自制が利かない。

「じゃあ……お願いします」

「はい。それでは、お邪魔します」

　シズカはこの先の危険など何も想像できていない顔をして、玄関で丁寧に靴を脱いだ。

　シズカが俺の部屋にいる。それはとても奇妙な光景に見えた。

シズカが俺の部屋にいるなんて、おかしい。シズカは本来、俺の部屋にいないはずだ。

なのに、シズカは俺の部屋にいる。俺の部屋にはシズカが……。

——ピピピ。

「あちゃ～熱、高いね。ごめんね。玄関で立ち話させちゃって」

「大丈夫……」

シズカは二階の俺の部屋に入ると、まず俺をベッドに寝かせ、体温計で熱を計らせた。

計測結果、体温は三十八度。さっきから思考がまとまらないと思ったら、熱が上がっていたらしい。

「おでこ冷やす？　タオル濡《ぬ》らして持ってこようか？　……ちょっと勝手に洗面所かキッチン使わせてもらうことになっちゃうけど」

そう言いながら、シズカが俺の額に手を置く。俺の体温が高いから、シズカの手のひらが充分に冷たく感じた。

「これがいい」

離れていきそうになった手を、上から両手で押さえ込む。シズカの小さな手は、俺の手と額に挟まれた。

「あ、アキラくん……タオルのほうが、冷たくて気持ちいいよ？」

俺が変なわがままを言ったせいで、シズカが困った顔をしている。でも、シズカの手を離せない。今は、シズカに甘えたい。

——これも全部、熱のせいだから仕方ない。

自分の中で言い訳が決まると、ラクな気持ちになった。

「何か飲む？　私、アクエリとか買って来たんだ」

片手でガサゴソと袋を漁《あさ》り、シズカがアクエリのペットボトルを取り出す。そして、冷たいペットボトルを俺の頬《ほお》に押し付けた。

「冷たい？」

「うん……」

「そろそろ額の手を離してくれないと、開けられないよ？」

「うん……」

「アキラくーん？　そろそろ手を離しませんかー？」

「シズカ……かわいい」

あっと思った時には、今、心に浮かんだばかりの気持ちがそのまま口から出ていた。

ボッとシズカの顔が赤くなる。すぐに顔を伏せて、俺から見えなくしてしまったけど。

「…………そういえばね、ヒロミから連絡が来たんだ。鬼瓦《おにがわら》くんとシズハさんから謝罪されたって。デンくんのところにも謝罪しに行ったみたいってヒロミが言ってた。デンくんには治療費を払うってシズハさんが言ったみたいだけど、デンくんは断ったって」

シズカは照れてしまったのか、急に口早に喋《しゃべ》り出《だ》した。話題を変えようとして必死に見える。かわいい。でも、顔が見えないのがつまらない。

俺はシズカの話を聞きつつ、あえてその話題に乗らずにシズカに呼びかけた。

「シズカ、こっち見て」

「あの二人、本当に謝罪しに行っているなんて凄《すご》いよね……でも、何人に謝罪しに行くつもりなんだろう？　鬼瓦くんは四年も日本各地であんなことしていたんだよね？　必要以上にお金取ろうとする人とかいないのかな？　大丈夫だと思う？」

「シズカ……顔、見せて」

「アキラくん…………ちょっといつもより意地悪だよぉ……」

ちらっと俺を上目遣いに見るシズカ。

困ったことに、ちょっといつも以上にかわいさが増して見えてしまって、いろんなものがぐらつく。

——たぶん、熱のせいでシズカをかわいいと思う気持ちが増大しているんだ。冷静になれないのも熱のせいだ。俺の殺風景な部屋にシズカがいるから、シズカのかわいさが映えているんだ。

熱のせいで重い体と、ふわふわした気持ちが釣り合わない。

「ほらアキラくん……ちょっと水分補給したほうがいいよ」

俺の力が緩んだ隙を見て、シズカの手が俺の額から逃げてしまった。キュッと蓋を開けて、シズカが俺にペットボトルを差し出す。

俺はズルズルと体を動かして上半身を起こし、ベッドの上に座ってペットボトルを受け取った。

「ありがとう……」

ゴクゴクと飲むと、熱かった体が少し冷えたような気がした。

「何か食べる？　ゼリーとかも買って来たんだけど」

シズカは元々世話好きなところがある。俺の看病をしようとする姿はとても甲斐甲斐《かいがい》しい。生き生きとしているように見えて、微笑《ほほえ》ましかった。

「シズカってさ……看護師さんとか向いてそうだよね」

俺が言うと、シズカが照れたように笑った。

「そう……？　最近ちょっと、看護職に興味あるんだよね。保育士さんもいいかなって思っていたんだけど、アキラくんが言うなら、看護職についてもっと調べてみようかな？」

「……保育士さんのシズカもすごくいい気がしてきた」

「ふふっ。アキラくんにそう言ってもらえると嬉《うれ》しいね。ありがとう」

子どもたちに囲まれているシズカも、すごくシズカらしいと思った。

――そうか。シズカも、将来のことをいろいろ考えているんだよな。

シズカは以前、獣医師になるのが夢だったと言っていた。でも、学力的にそれは難しくて、将来どうしようか迷っていると聞いた。それからまだあまり経《た》っていない気がするけど、シズカはもう新しい目標を探していた。

俺は、どうするんだろうか。大した目標もなく、公務員にでもなればいいかなとしか考えていなかったけど、本当にそれでいいのだろうか。

一年後、二年後、もっとその先……俺はどこで何をしているのだろうか。

その時、俺のそばには、シズカがいてくれるのだろうか。

一瞬シズカが隣にいない未来を想像してしまい、胸の中にポッカリと穴が開いたような気持ちになった。穴を冷たい風が吹き抜けて、凄《すさ》まじい寂しさに襲われる。

――あぁダメだ。熱が出ているとネガティブになる……。

まだ付き合い始めてひと月しか経っていないくらいなのに、どれだけ自分がシズカに支えられているのか思い知らされた気分だった。

すると、下を向いた俺に、シズカが心配して声をかけてきた。

「辛《つら》そうだね……。大丈夫？　アキラくんって、あまり体調崩さないイメージだったからビックリしたよ」

「うん……俺もビックリした。こんな熱出すのは……小学校の低学年の時にインフルエンザにかかった時以来じゃないかな？」

「わぁ……久しぶりだとキツイよね。横になっていいよ」

「帰るの？」

俺が聞くと、シズカが優しく微笑《ほほえ》んだ。

「帰らないよ。そばにいるから安心して、ね？」

怠《だる》いせいで、横になるとそのまま寝てしまいそうな気がする。先日ネコオカランドから車で送ってもらって帰った時も、シズカに寄りかかったまま寝てしまった。

シズカの近くは居心地が良くて安心する。

でも今寝てしまったら、次起きた時にはもうシズカが帰ってしまっているような気がして寝たくなかった。

せっかくシズカが俺の部屋にいるのに、寝てしまうのはもったいない気がする。そう思っても、頭がぼーっとして、自然と目が閉じそうになってしまう……。

――ちゅっ。

ふわっと前髪を上げられたと思ったら、シズカの唇が俺の額に押し当てられた。

一瞬で眠気が吹き飛んだ俺の前で、シズカが「えへへっ」と笑う。

「私のお母さんがね、私が熱出した時に『早く良くなるおまじない』って言って、いつも

してくれるんだ。だから私から、アキラくんが早く良くなりますようにーのおまじない」

自分からキスしてきたくせに恥ずかしいのか、シズカはそわそわしている。

そして「あ、そういえばお母さんにここに寄るって言ってなかったから、一応連絡してきていい？」とか言いながら俺から離れようとした。

恥ずかしさを誤魔化《ごまか》すために逃げようとしているんだろう。

そんなシズカを逃がすまいと、手を掴《つか》んで引き留める。

驚いたようにシズカが俺を見た。

「な、何？　アキラくん」

「ねぇ……早く良くなるおまじないとか言うけどさ……」

「う、うん……？」

「そんなことされたら、余計に熱上がるんだけど……」

「……え？」

「……シズカ、責任取ってくれる？」

「え？　え？　え？」

──あぁもう頭の奥から体中、どこもかしこも熱くてイヤになる。

無理矢理《むりやり》シズカをベッドの上に引きずり込んで、シズカをぎゅっと抱きしめた。

自分より冷たくて気持ちいい。とても落ち着くいい匂いがする。

早く離さないとこのままじゃマズイって気持ちと、もうこのままずっと離したくないって気持ちが交錯する。こんなことをしてシズカに嫌われたらどうするんだと、理性が警告する。が、俺の体はシズカを解放しようと動かなかった。

全部熱のせい。熱がある俺に変なことをしたシズカのせい。

だからちゃんと、シズカには責任を取ってもらわないといけない。俺のタガを外したのはシズカなんだから……。

「アキラくん！　寝よう！　ね？」

俺の腕の中で、シズカが顔を真っ赤にして慌てている。

「イヤだ。シズカ……冷たくて気持ちいいから。もっと……──」

──────────触れたい。

──ピンポーン。

「……」

「……」

──ピンポーン。ピンポンピンポンピンポンピンポンピンポンピンポン。ピンポーン。

「……」

「はーい！　出ます！　今行きまぁぁぁぁす!!」

頭痛がするくらい呼び鈴を連打された時、シズカが俺の腕の中から脱出した。そのまま一階に駆け下りて逃げてしまう。

——一体、誰だ……!!

いいところを邪魔された怒りに震えながら、俺も玄関に向かった。すると、シズカが開けたドアの先にいたのは——。

「よっ！　臼井《うすい》の兄貴！　お見舞いに来たぞー！　まさか姐《ねえ》さんがドア開けると思わなくて驚いたわ。ハハハッ」

「は??」

「シズハが姐さんから、臼井の兄貴が熱出したって話を聞いたみたいでよ。俺らもお見舞いに来てやったぞー」

銀色の髪に、前髪だけ赤い男……どこからどう見ても、鬼瓦《おにがわら》ジョウだった。

よりによってお前かって怒りと、なんでお前が俺の家を知っているのかって焦りと、その変な呼び方は何だって困惑で俺の思考は停止した。

固まってしまった俺の代わりに、シズカが聞いてくれる。

「鬼瓦くん……この前まで、私たちのことそんな呼び方してなかったよね？　何その呼び方……」

「いやー二人にはいろいろ世話になったし、個人的にも臼井の兄貴のこと気に入っちゃったから、舎弟になるのも悪くねぇかなって！　そんで兄貴の女なら、姐さんって呼ぶのが一番しっくりくるだろ？　ってなわけで、これからよろしくな！　兄貴！　姐さん！」

今この体調不良の中、こいつの能天気な笑顔は無性に腹が立つ。

「なんで俺がお前を舎弟にしなきゃいけないんだよ？」

「おぉ……臼井の兄貴のその冷たい目……痺《しび》れるなぁ！　大好きな姐さんのことになると必死になるところに漢《おとこ》を感じるぜ。俺は兄貴に負けたから最強にはなれねぇ……だが、兄貴の最強の右腕として天下取ってやるぜ！」

「帰れ」

「これから他のヤンキーが姐さんを狙うことがあれば、俺も一緒に守ってやるから連絡してくれよな！　兄貴！」

「要らない。シズカを守るのは俺だ」

「独占欲やべーな！　でもそんな兄貴もいい！」

ゲラゲラ笑う鬼瓦に、殺意に似た感情を抱く。いや、たぶん九十九パーセント以上殺意と一致しているから、これは殺意だ。

シズカと二人きりの時間を邪魔した罪は、万死に値する。

「歯を食いしばれ……鬼瓦。天誅《てんちゅう》を加える」

「へ？」

拳《こぶし》をバキッと鳴らしながら鬼瓦《おにがわら》に向かおうとしたその時、家の囲いの塀の陰からひょっとシズハさんが顔を覗《のぞ》かせた。

「ごめんなさい……具合が悪いところにアポイントも取らず押し掛けるのは良くないと思ったのですが、ジョウが全然聞かなくて……」

「シズハさん!?」

シズハさんの登場に、俺もシズカも驚く。しかし、なんでそんなところに隠れていたのか。

「シズハさん……もっとこっち来ませんか？」

俺と同じことを思ったのか、シズカがシズハさんに声をかける。だがシズハさんは、申し訳なさそうに塀のそばにいて、敷地内に入ってこない。

「その……突然来てご迷惑だったらどうしようと思い、ここから様子を見ていたのですが……大変、お怒りみたいなので入りづらく……」

「兄貴の顔が怖くて近づけないってさ」

「ジョウ!! なんてこと言うのですか!!」

鬼瓦の指摘に、シズハさんが慌てている。

そんなに怖い顔をしていただろうか。

正直に言って、鬼瓦しかいないと思ったから、不快感を丸出しにしてしまった。俺は少し肩をすくめて、シズハさんに謝った。

「すみません……」

「い、いえいえそんな！　こちらこそ、うちのジョウが失礼なことばかりしてすみません！」

俺とシズハさんが互いに謝っていると、別の声が聞こえてきた。

「あ、シズカー！　やっぱり臼井《うすい》のお見舞い来てたんだ！　あたしも来たぞー」

「げ！　鬼の野郎がいんじゃねーか……。この前謝りに来たけどよ、あいつ見ると古傷が痛むんだよな……」

「治療費払おうとしてくれたんだろー？　意外といい奴《やつ》じゃないのかー？」

「いい人なのは、たぶん彼女さんのほうなんだな」

荒木《あらき》さん、デンくん、キュウくん、ノンくんが、そろって仲良く俺の家に向かってきた。

「なんでみんな来るの……？」

げんなりした俺に向かって真っ先に返事をしたのは、荒木さんだった。

「シズカから臼井のお見舞いに行くって聞いたから、二人きりにしたらシズカがどんな目に遭うか分からないと思ってさ」

容赦なく的確に痛いところを突いてくるから、荒木さんは本当に侮れないと思う。

黙ってしまった俺を見て、三バカトリオがヒューヒューと囃《はや》し立《た》て始めた。

「まぁ、具合が悪い時に誰かに甘えたくなる気持ちは分かるけどなー」と、キュウくん。

「ただ、熱を出しているのを口実に無理矢理《むりやり》は良くないと思うんだな」と、ノンくん。

「おやおや困りましたねー？　その顔は既に何かしようとしていていいところを邪魔されたって顔ですよねー？　アキラくんのえっち」とデンくん。

熱のせいもあって、俺の堪忍袋の緒は一瞬で霧散した。

「鬼瓦《おにがわら》……」

「ん？　なんだ？　兄貴？」

「舎弟にしてやるから、そこの三人まとめて地獄に送って」

舎弟にしてやるからと聞いた鬼瓦が、いい笑顔で三バカトリオに向き直る。

「かしこまりー」

「いや待て変なことを言ったのはデンだけだぞー！」とキュウくんが叫び、「悪いのはデンだけなんだな！」と言って、ノンくんがデンくんを指差した。

「おいテメーら！　汚いぞ！」

「悪《わり》ぃが、兄貴の命令は絶対だ。兄貴が命じた通り、お前ら三人全員地獄に送る……」

「「「ぎゃぁあああああ」」」

鬼瓦が三バカトリオを追いかける。三バカトリオは、「やっぱりこいつは鬼だ！」とか

「こいつが鬼ならアキラは魔王なんだな！」とか「いや、アキラは覇王だろー！」とか言いながら逃げる。その様子を見ながらシズハさんは心配そうにしているが、シズカは苦笑していて、荒木《あらき》さんに至っては涙を流しながら笑っていた。

なんで三バカトリオにまで、魔王やら覇王やら言われなきゃいけないのか……と思っていた時、母さんが買い物袋を提げて帰ってきた。

「まぁ……こんなにたくさん友達が来るなんて聞いてないわよ？　アキラ」

「いや、俺も知らなかったから……」

「そう……もっとお菓子とか飲み物、買ってくれば良かったわね……」

頬《ほお》に手を当てながら首を傾《かし》げる母さんが、ふと俺の隣にいるシズカに気づいた。シズカはハッとして、背筋を伸ばす。

「あら？　あなたは……」

「俺の、彼女の、大槻《おおつき》シズカさん。お見舞いに来てくれたんだ」

挨拶しようと身構えたシズカより早く、俺は母さんに伝えた。なんとなく、これはシズカが言うより先に言いたかった。

俺が言った後、シズカが頭を下げる。

「こんにちは！　大槻シズカです。アキラくんと、五月の末くらいから、お付き合いさせてもらっています」

「そう………良かったね、シズカちゃん」

初対面のはずのシズカに母さんはそう言って微笑《ほほえ》んでいて、シズカは顔を赤くして「は
い……」と答えていた。

「え？　顔見知り？」

俺が聞くと、シズカは気まずそうに視線を外し、母さんは意味深な笑みを浮かべた。

「シズカちゃんとお母さんだけの、秘密」

「何それ……すごく気になるんだけど」

「それよりアキラは熱があるんだから部屋で寝てなさい。みんなはおやつあげるから、リビングにどうぞ」

「ちょっと母さん！」

俺が部屋で寝ているうちに、リビングでここにいるみんながおやつ食べているとか、カオスすぎる。しかも三バカトリオも鬼瓦《おにがわら》も、素直に母さんの言うことを聞いて「おやつだー」とか言いながら家に上がっていくし……。

頭が痛くて額を手で押さえていると、シズカが心配そうに顔を覗《のぞ》き込《こ》んできた。

「一緒に部屋に戻ろうか？」

優しく気遣ってくれるシズカ。いつだって俺のことを一番に分かってくれるのはシズカだ。もうシズカがそばにいてくれさえすればいい。

俺がシズカに返事をしようとすると、グイッと母さんがシズカを引き寄せた。

「具合悪いのがうつるといけないから、シズカちゃんはお母さんと一緒にこっちです♡」

——なんでそうなる……？

母さんに連れられて、シズカとシズハさんと荒木《あらき》さんも家に上がってリビングに向かってしまう。

もう全部諦めて一人で部屋に戻ろうとした俺の耳に、シズカと母さんの会話が聞こえた。

「——シズカちゃんの言う通りだった。アキラにはこんなにたくさんのお友達がいたのね……。ありがとう。これからも、アキラをよろしくね」

「はい……！」

……どうして俺の母さんとシズカは、もうこんなに仲が良いんだろうか。

千天寺《せんてんじ》家の運転手に家まで送ってもらった時、先にシズカの家に回ってシズカを下ろしたから、自分の家に着いた時には俺一人だった。だから母さんはシズカに会っていない。

——そういえば、どうしてシズカは俺の家を知っていたんだろうか。まだ教えていなかったはずなのに。

悩んでも答えが出ないのだって、きっと熱のせいだ。

渋々自分の部屋に戻ると、部屋にはまだシズカが持ってきた買い物袋や鞄《かばん》が置きっぱなしであることに気づいた。シズカがそのうち取りに来るはずだと思い、それまで少し休もうと、俺はベッドに転がって目を閉じた。

一階からは三バカトリオと鬼瓦《おにがわら》が騒ぐ声、シズカがその四人に何やら注意している声、荒木《あらき》さんやシズハさんの笑い声が聞こえてくる。自分の家なのに自分の家じゃないような気がして、不思議な感覚がした。家の中で友達の声が聞こえるなんて、初めてだ。

――あの日、路地裏でDQNに絡まれているシズカを助けた時から、俺の世界は動き出した。

三バカトリオとパシりパシられるだけじゃない関係になれたのも、あの事件がキッカケだった。シズカとも度々話すようになって、荒木さんとも関わり合うようになって、今ではシズハさんや鬼瓦とも繋《つな》がりができた。

こんなこと、たった二か月前ですら想像できなかった。

――今までずっと、淡白で当たり障りのない、無機質な日々を送っていた。それをつまらないとか、寂しいとか思うこともなかった。でも、この心地よい騒がしさを知ってしまって、あの頃の自分に戻りたいとは思えない。

俺はこのすべてを、シズカが俺にもたらしてくれた縁だと思っている。

「シズカ……」

ウトウトしながら名前を口にする。

「――――大好きだよ、アキラくん」

優しい声が聞こえた気がした。

髪を撫《な》でてくれる、優しい手を感じる。

体の力が抜けて深い眠りに落ちていく中、手を伸ばす。すると手のひらに、温《ぬく》もりが灯《とも》った。


――夢の中で、俺は青い花畑をシズカと一緒に歩いていた。

夢だが、これは夢だと分かる夢だ。

俺より小さくて柔らかな手が、俺の手を握っている。

「ネコフィラの花言葉は、『願いを叶《かな》える』って言うんだよ」

と、夢の中のシズカが言った。

「ねぇ、アキラくん。もしもなんだけどね……一つだけ、何でも願いを叶えてあげようって神様が言ったら……アキラくんなら、なんてお願いする？」

「え……？　えっと……俺なら……――」

一つしか願いを叶えられないって設定の話なのに、自分でも驚くほどいろんな想《おも》いが押し寄せてきて、言葉に詰まった。思い浮かんだどの願いにもシズカがいて、どんな願いなら自分の求めるものを最大限に叶《かな》えられるのかなんて、実に欲張りな考えが浮かぶ。

「——シズカを幸せにできる力が欲しいな」

言いながら、しかしその力は神様がくれるものじゃないから、自分で手に入れるしかないと思った。

「——私は、もうアキラくんにいっぱい幸せにしてもらっているんだけどなぁ……」

薄れていく夢の世界で、遠くのほうから、シズカの声が聞こえた。

あとがき

二〇二二年一月の一巻発売に続き、なんと同年三月に二巻が発売でした。

一巻に続き、二巻も手に取ってくださったあなたへ……ありがとうございます。またお会いできて嬉《うれ》しいです。叶《かな》うことなら読者様全員の前にシュパッと現れて、お礼を言いたいくらいです。（シュパッ）ありがとうございますッ!!（シュパッ）

二巻の制作にあたり、担当編集様、漫画エンジェルネコオカの運営の皆様には、またしても大変お世話になりました。チャンネルクリエイターの皆様の応援にも感謝です！

動画版で作画を担当されている六井調《ろくいしらべ》先生、声を当ててくださる狛茉璃奈《こまつりな》様、パシラれ陰キャシリーズの動画編集を担当くださっているOkiii様にも、この場を借りて改めてお礼をさせて頂きたいです。この動画シリーズも先日、八話を迎えましたね。ここまで続けられたのも、皆様と動画作りができたからです。本当にありがとうございます。

そして、小説版のイラストを担当してくださった、ふーみ先生。素敵な胸きゅんシーンも、カッコいい俺TUEEEなシーンもたくさん描いていただけて幸せでした。

シズカとアキラが互いにかけがえのない存在であるように、本を読んでくださった皆様は私にとってかけがえのない存在です。また皆様に、本を通じて会えるご縁がありますように。

MF文庫J

パシられ陰キャが実は最強だった件 2

2022年 3月25日 初版発行

著者 マリパラ

発行者 青柳昌行

発行 株式会社 KADOKAWA
〒102-8177 東京都千代田区富士見 2-13-3
0570-002-301（ナビダイヤル）

印刷 株式会社広済堂ネクスト

製本 株式会社広済堂ネクスト

Printed in Japan　ISBN 978-4-04-681288-9 C0193

●お問い合わせ
https://www.kadokawa.co.jp/（「お問い合わせ」へお進みください）
※内容によっては、お答えできない場合があります。
※サポートは日本国内のみとさせていただきます。
※Japanese text only

◇◇◇

【 ファンレター、作品のご感想をお待ちしています 】
〒102-0071 東京都千代田区富士見2-13-12
株式会社KADOKAWA　MF文庫J編集部気付「マリパラ先生」係　「ふーみ先生」係　「六井調先生」係